Matilde Serao

Ella non rispose

AL LETTORE

Amico lettore, ti prego, sii sincero. Quando i tuoi occhi curiosi si saran fermati, un istante, sulla covertina di questo volume e l'avran letta, non ti abbandonare a quel gesto tutto convenzionale, tutto esteriore, per cui un romanzo di amore fa levare le spalle, in atto d'ironica noia e di sazietà beffarda. Non levare le spalle, caro lettore: non imitar quello che tanti altri esseri umani faranno, come te, imitandosi fra loro: non obbedire a una formola superficiale e che ti è estranea: abbi il coraggio di esser sincero. Cedi a quella intima, segreta nostalgia sentimentale, per cui ogni istoria di amore, la più umile, la più comune, attira me, te, gli altri, con un fluido sottile: cedi a quel bisogno di conoscere, ancora, un altro caso di amore, bisogno che tutti sentiamo. nell'anima, bisogno mai, mai, interamente soddisfatto. Lasciati andare alla tua, alla nostra, a questa grande curiosità umana dell'amore, che ci accompagna, sempre, per tutta la vita. Poichè, forse, amico lettore, tu sei vecchio e sono sperduti nelle nebbie del passato i tuoi giorni sentimentali; forse, il tuo cuore è più irrimediabilmente stanco che non sieno maturi e pesanti i tuoi anni; forse tu sei giovine, ma, purtroppo, tu chiudi nel petto un'arida e dura pietra. Non importa: non importa! Evocati dal fondo più essenziale e più tacito del tuo animo, i tornanti ricordi faranno, per un istante, per un'ora, credere a te, vecchio sognante, abolito il tempo; nella stanchezza mortale di un cuore che ha disperse, tutte, quasi tutte le energie di amore, trasalirà, forse, in te, una ultima piccola fibra, ancora sensibile: e tu, infine, giovine insensibile destinato a tutti i trionfi, ma, anche, a tutte le solitudini, non tocca, pure a te, assumere la tua parte di superbo e glaciale spettatore delle altrui estasi e degli altrui martirii? O lettore, o fratello mio, o fratello di questi due cuori, di queste due anime, Diana Sforza e Paolo Ruffo che in questa loro istoria sentimentale, amarono e, forse, non seppero amare, amarono e trovarono contro il loro amore, levato e armato ogni loro maggior inimico, in sè stessi, nel tempo e nella sorte, o lettore, fratello nostro, segna nella tua mente, segna nella tua anima questa appassionata e dolente ventura amorosa, e rammenta, e paragona, e intendi tutto, e comprendi tutto, e nulla ti sorprenda, come allora, quando tu amasti, come adesso, che tu ami ...

Non ti sorprenda, dunque, che tutta quanta questa storia di amore, compaia nelle lettere di Paolo a Diana, e solo da queste lettere tutta sia chiara e precisa, nei suoi casi singolari, e solo da queste lettere essa palpiti di una vita passionale indomita, nelle sue gioie supreme e nelle sue estreme disperazioni. Ah tu lo sai bene che la lettera d'amore, la prima, l'ultima, poche lettere, molte lettere, la lettera d'amore, infine, è tutto l'amore! Nessun uomo, il più austero, che non abbia lacerato con mano tremante di ansia, la busta di una lettera, di quella lettera; nessun uomo, il più aspro e il più rozzo, che in un giorno memorabile della sua vita, non si sia curvato sopra un foglio di carta e non vi abbia, insieme alle convulse parole, versato, anche le sue rare e brucianti lacrime: nessuna donna che non abbia affrontato, audacemente, un pericolo mortale, scrivendo una lettera di amore, destinata a essere smarrita, ritrovata da un giudice o da un carnefice; nessuna donna che abbia saputo, mai, resistere alla lettera di amore di un uomo, a cui pure, avea resistito, quando egli le parlava. La ragione, e la logica, e la saviezza, tutte queste forze della mente e della coscienza, sapendo che la lettera è tutto l'amore, sapendo che, per la lettera, gli uomini e le donne si amano, sono presi, travolti e perduti, queste forze morali interiori, con le loro rigorose suggestioni, cercano indurre la donna, cercano persuadere l'uomo a non scrivere e a non leggere lettere d'amore. È invano! Vi è un motto antico, minaccioso, tragico: scripta manent. Di fronte ad esso, coloro che amano, fingono d'ignorare il latino. Finchè un uomo amerà o si illuderà di amare — è la medesima cosa — la parola scritta sovra una carta, gli parrà, sempre, quella che meglio dica, quella che meglio esprima, tutto l'impeto e tutta la prostrazione di un'anima, volta a volta esaltata o abbattuta dall'amore; finchè l'amore sarà la grande affaire del cuore di una donna, ella fisserà i suoi occhi mortali sovra una lettera di amore e ne berrà il veleno inebbriante, e mai più ne saran guariti il suo sangue e il suo cuore.... Scripta manent: sono rimaste le lettere ove è racchiuso tutto l'amore profondo e la tenerezza infinita di Paolo Ruffo per Diana Sforza: e se Colei che non rispose, non ha mai saputo e non ha mai voluto segnare, con la sua bianca mano, una parola di amore, sovra una carta, se Ella mai, mai rispose, Ella lesse, e intese, e comprese, tutto: e sino alla fine queste lettere parlarono alla sua sensibilità e circondarono di fiamma e di dolcezza il suo cuore, come, adesso, esse chieggono, solo al tuo animo, lettore carissimo, il tuo giudicio....

E tu, lettore, giudica secondo il cuor tuo e secondo la tua libera volontà. Quando tu avrai tutto conosciuto il crudele destino di questi due, quando tu avrai misurato quello che essi sentirono, l'uno nel suo alto e clamante dolore, l'altra nel suo alto silenzio, tu penserai, forse, che essi furono due folli, nella loro duplice virtù di fedeltà e di abnegazione, e riderai di loro: o, forse, tu avrai per loro una immensa invidia e una immensa compassione. E anche questo non importa. Sii libero, lettor mio, nella tua condanna, nella tua assoluzione, nel tuo perdono. Tu sarai sempre giusto. Giacchè, in amore, tutti hanno torto e tutti hanno ragione: gli imputati, i difensori e i giudici.

In quanto a me che, con mani pietose, con mente pietosa, ho raccolto e disposto questi fogli di amore e ne ho narrata la fine, io, adesso con muta e paziente aspettazione, penso alla folla ignota che trascorrerà queste carte: e attendo, fidente. Che cosa mai deve venire, a me, di mezzo a questa folla sconosciuta, lontana, di altri paesi, di altre razze? Ecco. Nei sette lustri — sette!— da che io scrivo, ogni volta che un lungo romanzo, che un breve romanzo, o un racconto, o una novella, sia stata licenziata, da me, per le stampe, e il volume, partendo, abbia compiuto il suo grande viaggio, intorno al mondo, vi è stato per ognuno di questi libri, un maggiore o minor successo di critica e di pubblico, o, forse, nessun successo, secondo che io abbia potuto rendere vivo ed efficace il mio sogno, o non sia riuscita a farne una realtà. Ma, sempre, dopo un mese, dopo sei mesi, dopo un anno, io ho finito per ricevere un biglietto, per ricevere una lettera, da un qualsiasi paese d'Italia, da un qualsiasi paese dell'estero: piccolo borgo oscuro, cittadina di provincia, metropoli tumultuosa. Era una lettera firmata con un pseudonimo, o con un solo nome di battesimo, o con un cognome ignoto. Questa lettera di Casalmonferrato, o di Bucarest, o di Diamante, in Calabria, o di Cincinnati, in America, diceva, questa lettera: .... Signora, quanto ho pianto, di gioia, di dolore, leggendo il vostro libro.... Ebbene, quando questa lettera mi era giunta, presto, tardi, da una mano a me sconosciuta, da una persona che non avrei vista, mai, la sorte del mio ultimo libro era, per me, decisa, compiuta e perfetta. Spariva, per me, il suo successo di pubblico e di stampa: spariva il suo mediocre successo: spariva il suo insuccesso. Qualcuno, qualcuna, un uomo, una donna, un'anima, una sola, da me lontana, da me diversa, un'anima che viveva di un altro sangue, in un'altra patria, un'anima aveva pianto per me e con me, sulle povere pagine bianche impresse in neri caratteri, ove io avevo tentato far vivere le creature del mio sogno: qualcuno aveva pianto, come i miei fantasmi avean pianto, nei loro spasimi supremi, come io stessa aveva pianto, nelle notti solinghe di lavoro, evocando le altrui lacrime. Bastava, a me, questa comunione spirituale, questa comunione sentimentale, dovuta solo alla mia emozione umile e sincera, nel segnare le mie storie d'amore e di dolore, dovuta al misterioso e al possente vincolo delle anime, innanzi alla vita, alla verità e alla poesia. E sempre, questa lettera mi è bastata, per dire che la mia opera non era stata un vano e sterile esercizio di letteratura: ma qualche cosa di semplice e di schietto, nella sua forza di sentimento.

Così, io aspetto la lettera di quell'anima che sulla ventura d'amore di Diana e di Paolo, con me, per me, avrà versato le mute e solitarie lacrime della pietà umana....

Alta Engadina, estate 1913.

Matilde Serao.

Parte Prima

"Che farò senza Euridice?"

«Roma, notte di maggio...

«Non vi conosco: non mi conoscete. Non vi ho vista, mai. E vi vedrò, io, forse, mai? Voi, forse, non mi vedrete mai. Eppure la mia anima, inattesamente, si è legata, salda, alla vostra, in un vincolo tanto più tenace e stretto, in quanto che oscuro, fantastico e misterioso: e io sento di amarvi, con tutte le mie forze, come se il vostro volto di donna — siete voi giovane? bella? Non lo so: non vi conosco — come se questo volto chiuso nell'ombra, mi fosse seducentemente noto da mesi e da anni, come se il fascino della vostr'anima, da mesi e da anni si esercitasse su me e mi tenesse e mi avvincesse. Chi è mai, la donna che riceverà la mia lettera? E la riceverà, essa, giammai? I veli impenetrabili vi covrono, vi stringono, o Creatura del mio amore: e innanzi a quest'ostacolo singolare, che io non so superare, che non supererò, forse, mai, io fremo, per voi, di ammirazione, di emozione, di adorazione, per la sola cosa di voi che mi sia nota, irresistibilmente nota, invincibilmente nota: la vostra voce. Nè il colore dei vostri occhi scintillò, balenò, mai innanzi ai miei occhi: nè la espressione fiera e dolce del vostro sguardo, venne mai ad esaltare il mio cuore: nè il sorriso amabile e disdegnoso delle vostre labbra, mi fece languire di speranza o di tristezza: ma io ho udita la vostra voce, ed essa vibra in me, ed essa palpita in me e i flutti di una emozione salgono dal mio cuore al mio cervello e si diffondono, pervadendolo, in tutto il mio essere. Voi cantavate, ieri sera, due o tre ore fa, o Donna: e io vi ho udita cantare. Con una nitidezza lampante, io ho, nella memoria, in questa notte di maggio, che è succeduta alla mia Grande Sera, tutti i segni mortali che hanno accompagnato il vostro canto: quel canto che ha evocato, dal fondo del mio gelido e muto cuore, il mio amore puro e forte, per voi. Erano le dieci di sera; sera già tiepida e odorosa di primavera italica, nelle calende di maggio: io, immoto, fumando, guardavo e non vedevo il mio domestico raccogliere i miei abiti, in un grande baule, poichè, l'indomani, come di consueto, io dovevo partire, per Parigi e per Londra: da quei gesti eguali e monotoni del mio servo, arrivava a me la pacata contentezza per la mia imminente assenza, per la imminente lontananza, sebbene in paesi conosciuti e visitati tante volte: l'assenza, la lontananza, costante nostalgia della mia anima inquieta! Con un moto istintivo — *qualcuno*, forse, mi chiamava, nella mia vita interiore? — io mi son levato e sono escito sulla terrazza della mia piccola casa, della nostra piccola casa, ove le mani gentili e il gusto gentile di mia sorella Lisa, coltivano rose e lilla: ho appena sogguardato nella larga via Boncompagni, ove s'indugiavano, nella sera fragrante, dei passanti, ove qualche veste bianca di donna si allontanava, lungo le sontuose ville e i graziosi villini: io ho guardato, invece, a lungo, il cielo di primavera che s'incurvava su Roma, con qualche fioco scintillìo di stelle. A un tratto, voi avete cantato. E tutta la vita si è arrestata, in me. Non lontano, poco lontano, voi cantavate; nella medesima linea della mia terrazza, ma nella grande villa, circondata da un folto, da un florido giardino, che segue la mia piccola casa e il mio giardinetto; la voce vostra esciva da un ampio verone aperto, non lontano da me, ma a me invisibile, perchè nella istessa linea di facciata; largo verone schiuso sui palmizi e sulle odorose aiuole del vasto giardino e da cui la vostra voce, nel silenzio della sera, giungea chiarissima. Qual voce! Grave, sonora, penetrante, toccante: talvolta elevantesi in una limpidità cristallina, talvolta languente, velata e bassa, quasi sfiorita, quasi sfinita: una voce un poco triste, sebbene giovanile, per momenti, e, dopo, molto, molto più triste: una voce che si slanciava, come un grido di liberazione, che si smorzava, come in un sussurro di inguaribile malinconia: o Donna, tale una voce, evocatrice, invocatrice, che mi basta, qui, confusamente scriverne, per sentirmi struggere di amore. Voi cantavate la più nobile, la più espressiva, la più armoniosa *aria* che io abbia mai udita: l'*aria* in cui più il lamento di un cuore trafitto, è sublime

5

nella sua dignità e nella sua misura: l'*aria* di Orfeo che piange, che chiede, così austeramente, così dolcemente la sua Euridice e in cui Gluck ha messo le purissime lacrime e l'inconsolata mestizia di chi ha perduto il suo unico amore. *Che farò, senza Euridice?...* Così, ansiosamente, con uno slancio frenato dalla dolcezza, chiedeva, nel canto perfetto, la vostra voce, no, la vostr'anima dolente.... .... *Dove andrò senza il mio bene?* domandava, con espressione di spasimo represso, la vostra voce vibrante del più alto ardore.... Allora, o Donna, io non ho saputo più nulla di me e del mondo: la mia vita si è chiusa nella vostra voce, si è chiusa nell'ansietà vostra misteriosa, si è chiusa nell'anima vostra palpitante, misteriosa.... La notte si fa alta, come è alto il silenzio, a me intorno. O Donna, io non vi conosco, non so donde veniate, dove andiate: non so se siate libera o prigioniera: non so niente di voi, Signora, ma voi mi avete vostro, o Signora, o Sconosciuta, vostro, o mia Signora, per oggi, per sempre, io, Vostro, io, lo Sconosciuto!»

«Roma, quattro maggio …

«Da iersera a stasera, una duplice vita si agita e tumultua, in me, e fieramente combatte, in me che, sino a ieri, trascorrevo dei giorni calmi e simiglianti, in piccole gioie inespresse, in tenui malinconie vananti: da ventiquattr'ore io sobbalzo dalle più acute voluttà sentimentali alle glaciali aridità della ragione: io sento pulsare il mio caldo sangue, nelle mie vene — quando mai, così? Mai! — e tumultuare il mio cuore, sotto la mia gola, mentre, dopo un istante, i fiotti dell'amarezza mi sommergono in un mortale sfinimento. È la giornata di un folle, quella che ho vissuta, da iersera a stasera; è quella di un folle innamorato, che freme e spasima per un fantasma.... Poichè io non sono certo che voi esistiate, o Donna del mio amore! Ma se colei che, l'altra sera, con la sua voce grave, dolce e gemente, ha picchiato alle porte del mio cuore, e le ha viste schiudersi, ed Essa vi è penetrata, Signora di me, se questa creatura esiste, come io dubito talvolta, giacchè la mia ragione, ogni tanto, ghigna su me, suggerendomi che io abbia solo sognato, il gran grido di Orfeo che cerca Euridice: se colei che mi ha preso l'anima e i sensi, invincibilmente, nel suo appello amoroso e triste, nella notte di primavera ha, ieri mattina, non tanto presto, raccolto da un'aiuola del suo giardino la mia lettera, se Essa, la Sconosciuta, ha letto la mia prima lettera, se costei che io amo, costei che io amerò sin quando i miei occhi morenti contemplino il loro ultimo sole, ha udito la mia prima parola, bisogna che Ella sappia, ancora, tutto, di questa prima giornata di follia, di questa prima giornata di amore. Leggete ancora, o Donna del mio sogno sentimentale — ho sognato, *forse?* Forse voi siete un fantasma! — e sappiate che cosa sia una possente realtà amorosa....

«Sapete Voi che abbia mai fatto, io, ier notte, quando ebbi finito di scrivervi, convulsamente, in preda a un'alta allucinazione, la mia prima lettera? La lessi, in un impeto di entusiasmo, sentendo esaltare tutta la mia essenza mortale, alle mie medesime parole; la rilessi, dopo; e *qualcuno* rise, in me, rise di me, rise delle mie pazze parole! Buttata sul mio tavolino, innanzi ai miei occhi, la mia lettera vi giacque, un poco, mentre io lottavo contro le beffe della mia ragione: a un tratto, io vinsi lo scherno interiore, presi la lettera, uscii dalla casa mia, ove quietamente dormiva la mia dolce sorella Lisa, e i miei servi riposavano. Eran le tre della notte. Non un'anima, in via Boncompagni; non un passo; non un rumore. Cautamente, due volte, girai intorno al cancello ermetico che cinge l'ampio giardino dove, tra gli alberi ombrosi e le larghe aiuole, si cela, in fondo, la nobile villa dove voi cantavate, ieri sera. Scovrii ove il cancello si schiude, quando gli equipaggi vi debbano entrare; scorsi ove si prema il campanello, per suonare; arrivai a leggere, sovra un pilastro del cancello, sovra una placca lucente, le parole: *villa Star.* Girai, ancora, e nella stretta via adiacente, trovai una porta più piccola, quella di servizio forse: il nome, ripetuto: *Star,* la stella, la stella! Niuna ne brillava, in cielo; tutto era serrato, tacito, buio, sulla terra, in quell'ora notturna. Per un attimo, esitai:

6

ma immediatamente dopo, introdussi una mano e un braccio fra due ferri del cancello e lanciai, con forza, dentro la mia lettera. Essa non cadde molto lontana: la vidi biancheggiare, ai piedi di un albero. Puerilmente, mi venne una voglia immensa di riprenderla, di riaverla: scossi la serratura del cancello come un fanciullo, come un ladro.... E fuggii, di corsa, per la via, rientrai in casa mia, a traverso il suo silenzio e le sue ombre, mi buttai, angustiatissimo, sul mio letto, soffocando nei guanciali il mio tumulto morale e fisico: non mi calmai che assai lentamente, assai più tardi. Verso l'alba ho dormito e vi ho sognato, o Donna, o Fantasma: e perchè l'enigma soave e crudele ancora mi perseguitasse, nel sonno, nel sogno, vi ho vista apparire, ora lontanissima, inafferrabile, sparente, ora vicina, quasi tangibile, ma col viso rivolto altrove; ora vicina, ma con un volto di cui, nel mio incubo, non giungevo a scorgere i tratti, e me ne dolevo, e gemevo, nel sonno....

«Alla prima ora mattinale, io era sulla mia terrazza, allo spigolo estremo, verso villa *Star* — qual nome scintillante, la stella! — e sporgendomi molto, ho visto, sotto l'albero, ancor biancheggiare la mia lettera. Niuno l'aveva presa, a quell'ora, naturalmente; ma un'immensa delusione mi colpì, nel cuore istesso, come un colpo inimico: pensai che quella lettera sarebbe restata colà, a marcire, sotto la rugiada, a ingiallirsi, sotto il sole, a disfarsi, nella terra umida, o che, forse, il rastrello di un grossolano giardiniere l'avrebbe portata via, spazzandola fra le foglie cadute. Richiusi rudemente i vetri della mia terrazza, sdegnato contro il mio destino, sdegnato contro il mio sogno e contro me stesso, e volli tutto obbliare, e volli ripigliar, subito, il mio consueto progetto di partenza, e andai a svegliare vivamente la mia cara Lisa, e detti degli ordini, minuziosi, rapidi, precisi, al mio servo, per questa partenza. Monotonamente, frenando, con un tenace sforzo di volontà, tutto quanto vi era di desolato e di ardente, in me, per il mio sogno disperso, per il mio sogno distrutto, io compii una serie di atti ragionevoli, usuali, quelli di qualsiasi altro uomo pacifico, che parte tranquillamente per Parigi e per Londra, che ricerca delle carte, ne lacera e ne conserva, che scrive dei bigliettini di congedo, che parla al telefono, con l'ufficio dei *Wagons lits*, che fa dei telegrammi e che decide, infine, di andar a colezione da una sua antica e buona amica, come fa ogni anno, prima di partire, per un senso di gentile gratitudine, a un amore spento, tanto tempo prima.... E, a un tratto, poichè l'ora volgeva quasi al meriggio, distrattamente, di nuovo, escii sulla mia terrazza fiorita, distrattamente, i miei occhi fissarono il giardino di villa *Star*. La mia lettera non era più sotto il grande albero. Qualcuno l'aveva raccolta e portata via; qualcuno, in una passeggiata mattinale; qualcuno.... Voi, Voi, Donna mia, mia Signora, voi, solo voi, ne sono stato certo, fulmineamente, certo come della mia morte! È nelle vostre mani, la mia lettera: sono sotto i vostri occhi, le mie profonde e schiette parole; è nella vostr'anima, la voce vibrante del mio altissimo amore, o Creatura cara, infinitamente cara, come è nella mia anima, vibrante, la voce vostra che chiede dolorosamente, teneramente, di Euridice, del suo bene....

. . . .

«Dove siete voi, a quest'ora di notte, in quest'ora della vostra rivelazione inaspettata, o Anima? Io spasimo, in questa sera di maggio, bella come l'altra, anelando di udirvi; io sono in ascolto, da tre ore; come un ebbro, come un folle, io v'invoco, da tre ore, e voi non mi rispondete, e mi vien da piangere, e mi vien da gridare. Voi non rispondete al mio appello angoscioso; la vostra divina voce di donna, non si fa udire, animando la sera di primavera: villa *Star* ha i suoi veroni aperti e illuminati, ma è muta, e pare deserta, e la sua luce, in tanto silenzio, mi fa paura. Dove siete, o Anima? E vi siete mai stata, in codesta villa e vi avete mai cantato? Io ho molto cercato e molto saputo, in questo pomeriggio; io so che villa *Star* appartiene a una vecchia, molto vecchia dama inglese, che l'ha comperata e abita da tre anni; *lady* Roselyne Melville ha settantacinque anni; è vedova, da venti anni, del diplomatico, dell' ambasciatore Melville, che fu, a Roma, accreditato per vari anni; i suoi figli, le sue figlie, sono persone mature che vivono in Inghilterra, in India, nel Belgio; essa non ha nepoti, che si sappia e che sien mai venuti in Roma. Vive con una dama di compagnia, cinquantenne; ella riceve, per lo più, nelle tarde ore pomeridiane, le sue antiche amiche della società romana; non riceve mai di sera.... Dove siete, dove siete, Cuor mio? Perchè non mi rispondete? Perchè non cantate? Perchè mi lasciate disperare, solo, in questa seconda notte dell'amor mio, solo, senza voi, senza la vostra voce sublime? Debbo io, dunque, morire senz'avervi mai vista, senza avervi neppure più udita? Io muoio, senza voi....

«.... mi lascerete voi morire? Colui che vi ha amato, senza conoscervi, senza vedervi, che vi ama di un amore intenso, di un amore che mai, certo, avrete incontrato su questa terra, di un amore che non incontrerete mai più, nel vostro viaggio mortale, questo sconosciuto che gitta, innanzi alla vostra immagine, tutto sè stesso, tutta la sua esistenza, deve, dunque, perire, miseramente, così? O Sconosciuta, in nome di quel Dio che voi, forse, venerate e a cui io mi rivolgo, in questa notte d'inutile, di sterile, di opprimente attesa, in questa notte di lunga straziante delusione, in nome di quanto avete di più caro, nella vostr'anima, o Sconosciuta, apparite, apparitemi, domani, dopo aver udito questo grido di ambascia! Domani, per pietà, per compassione, per umanità, perchè un uomo giovine, forte, nella pienezza delle sue energie e nel maggior impeto del suo amore, non muoia per voi. Per il vostro Dio che è, forse, il mio, se voi non siete un'ombra fuggente, se voi non siete una creatura della mia fantasia, se siete un essere reale, se siete una donna, se avete un'anima di bontà, se avete un cuore di tenerezza, se avete raccolto la mia prima lettera e sapete di me e del mio delirio, se, al medesimo posto, domattina, voi raccoglierete questa seconda, in nome di Dio, in nome della pietà umana, in nome dell'Eterno Nostro Giudice, apparite, apparite allo Sconosciuto, perchè egli non muoia senz'avervi veduta!»

«Roma, cinque maggio...

«Diana, era molto tempo che la mia indifferenza non mi faceva metter piede in una chiesa. Ma il miracolo nuovissimo, inaudito che, stamane, ha salvato la mia vita mortale, che ha dato una forma reale al più assurdo fra i sogni, che ha esaltato il più puro e il più impetuoso fra gli amori, meritava che tutto, in me, si prosternasse innanzi a un Dio clemente. Sapete voi, Diana, dove sono andato, con animo pio, a ringraziare Colui che vi ha mandata sulla terra, che vi ha fatta apparire, a me, nell'aspetto idealmente vero, stamane, che mi ha permesso di bearmi nella vostra visione, come nessun altr'uomo si è beato, mai nella contemplazione del vostro volto, o mia stella mattutina, Diana, Diana? Io sono entrato in un'assai piccola chiesa, non molto lungi di qui, in santa Maria della Vittoria, che è di casa Colonna e che rammenta la battaglia di Lepanto e l'eroismo del loro antenato Marcantonio, in quel dì di cruento trionfo contro i turchi. Era mezzodì; la piccola chiesa era quasi vuota; qualche vecchia dalle vesti nere di divota, mormorava orazioni; il marmoreo biancore della santa Teresa del Bernini che smarrisce, quasi, la vita, sotto lo strale dell'amor divino, era toccato, appena, da una striscia di sole. Io mi sono inginocchiato, come nei giorni più innocenti della mia infanzia e come in quei giorni, il mio cuore era candido e mondo, perchè era pieno di voi: ho chinato il mio viso sulle mie mani, come quando una mistica commozione penetra in noi e bisogna velar gli occhi e guardare solo in sè stessi: ho concentrato tutte le mie forze spirituali, in un solo slancio di gratitudine, in una sola frase pronunciata, ripetuta, fra me, a Dio che scruta i cuori e i sensi: *Ella esiste, io l'ho vista, io posso vivere, io posso amarla, io l'amo....* Vagamente, lentamente, mentre mi levavo, mentre mi segnavo con l'antico gesto infantile, mentre salutavo l'altare, prima di uscire, io mormoravo, ancora, in me, come il cristiano seguita a mormorare le sue preghiere, la frase in cui è assorto da stamane, tutto il mio essere: *Ella esiste.... posso amarla.... io l'amo....* Un ultimo sguardo sul volto bianco, trasfigurato, morente in una gioia spirituale incomparabile di santa Teresa. Ella è estatica, la grande spagnuola dall'animo che era un focolare di amore: così son io, estatico. Altri, messo a contatto di una felicità suprema. trema, grida, piange di contento; altri s'inebria di una letizia che non conosce freno. Io dal minuto che non obblierò mai, in cui vi ho vista, per la prima volta, sono stato invaso da un senso completo di beatitudine, da un'estasi perfetta. La mia incertezza crudele, la fiamma che mi bruciava, l'angoscia dell'attesa, l'orrendo sospetto che tutto questo fosse

8

un delirio della mia mente, avean talmente esasperato la mia anima e i miei nervi, che la desiderata, invocata e pure inaspettata felicità di scorgervi, nella vostra figura mortale, nella vostra beltà toccante, nel fluido avvincente della vostra malinconia, ha avuto, in me, una reazione profonda e soavissima ed è una estasi singolare quella che fa trascorrere flutti di dolcezza nelle mie vene e io vivo in questa estasi, come fuori del mondo....

«Voi siete bella e siete triste, Diana. Quello che la vostra voce mi aveva detto, l'altra sera, in espressioni di calmo e lungo e inconsolato dolore, con le parole del poeta greco ramingo, chiedente a tutti i Numi la sua Euridice, con le armonie austere e amorose di Gluck, quello mi han ripetuto i vostri occhi oscuri, grandi, pensosi, su cui, ogni tanto, così altieramente abbassate le palpebre, quasi a nascondere alla folla il vostro sguardo e il vostro pensiero; quello mi ha detto la vostra bocca giovine, florida, e che non rammenta più di aver sorriso, un tempo.... Per così pochi momenti io ho potuto fissare, di lontano, ma non tanto lontano, questi vostri occhi cosi nobilmente tristi, quella bocca bella che non volete schiudere, più, al riso! Mi son innanzi, questi momenti di tanto bene, e forse valgono un secolo di contemplazione.... Tutta la mia mattinata era trascorsa in un continuo salire e discendere, dalla mia casa, nella via, con futili pretesti, che davo a me stesso o con nessun pretesto; e ogni mia fuga precipitosa, ogni mio lento passeggio, aumentava la mia sorda impazienza, accresceva il rombo della mia inquietudine interiore. La mia seconda lettera, puerilmente lanciata, nella notte, fra i ferri del cancello di villa *Star*, alla mattina, era stata presa, portata via; e la mia incrollabile convinzione, la mia grande illusione era che Voi, Voi, l'aveste raccolta e letta! E voi tardavate ad apparire e lo scoramento mi vinceva sempre più e ricominciavo a non credere più alla vostra esistenza, e mi ritenevo uno sciocco, un pazzo.... Quando, a un tratto, dal mezzo della via, io ho visto schiudersi il cancello di villa *Star*, aprendosene largamente i due battenti: un sontuoso equipaggio accostarvisi dalla piccola via adiacente: scendendo gli scalini del vestibolo, una vecchia signora, dai capelli bianchi e lucidi, come l'argento, diritta nelle sue vesti chiare, *lady* Roselyne Melville ha traversato il giardino: un uomo, alto, magro, adusto, dal volto scarno e raso completamente, un uomo già avanti negli anni, l'accompagnava; poi venivate voi, alta, snella, in una veste di un grigio delicato, con un cappello nero, che gittava un'ombra sui vostri capelli biondo castani, ondulati dalle tempie alla nuca; nelle vostre mani guantate di bianco, voi stringevate un fascio di lilla bianchi. Il signore ha aiutato *lady* Melville a salire in vettura, con gesti rispettosi; ha anche aiutato voi, senza dir verbo; infine, è salito anche lui e la vettura è partita. Fermo, inchiodato, in mezzo a via Boncompagni, io ho vissuto uno dei più colmi momenti della mia vita. Tutto ho scorto e inteso e compreso: la vostra gioventù, la vostra beltà, la vostra tristezza, la grazia composta e un poco orgogliosa, la sobria armonia delle vostre vesti e dei pochi vostri adornamenti: e il sorriso benigno, quasi materno di *lady* Melville, mentre si volgeva a parlarvi e l'atto affettuoso, compiacente, con cui l'ascoltavate: e lo sguardo freddo e duro del gentiluomo che vi mirava, sanza parlarvi. *Lady* Melville non è vostra madre, ma vi ama: quell'uomo è, forse, vostro padre, ma vi guarda così rudemente! Sobbalzò, in me, mi sconvolse, il vano desiderio di seguire la vostra vettura: ero a piedi, come un povero, come un mendicante. Ma vi ho aspettata, Diana, due ore, due ore, nella via, non osando allontanarmi, andando e venendo cento volte, trasalendo a ogni rumor di ruote, ora fermo all'angolo dell'*hôtel Excelsior*, fremendo, per tutti i miei sensi, che non mi sfuggisse il vostro ritorno. Non mi è sfuggito. Quando la vostra vettura è tornata, io era presso villa *Star*: voi mi avete visto, notato, allora. Prima, no: allora, sì, sì! Mentre, in piedi, attendevate che *lady* Roselyne scendesse lentamente di vettura, i vostri occhi si sono posati sui miei. Mi è parso, mentre io soffocava di emozione, che più si addensasse di un pensiero triste, il vostro sguardo: mi è parso che ancora più le linee della vostra bocca stupenda si serrassero, sul vostro segreto sentimentale. Avete sollevato al vostro viso i lilla bianchi e li avete odorati, a lungo.... Diana, sono un presuntuoso, sono un fatuo, sono un fanciullo che spera e crede, sono un uomo che sogna: ma ho creduto che quel gentile gesto fosse a me diretto, che volesse dirmi qualche cosa, non so che, non so bene, qualche cosa di oscuro, ma detto tacitamente da voi a me, detto, in quell'atto vago e pure espressivo, da chi ha letto le mie due lettere, dalla Sconosciuta allo Sconosciuto, da colei di cui già conosco l'adorabile nome, Diana, nome stellante.... Avete odorato i fiori e mi è parso veder trascolorare il vostro fine volto, come se mi diceste, così, in quel mutamento, in quella emozione, una cosa molto bella, molto triste, molto misteriosa, è vero, è vero, Diana? Così siete sparita. Ma nella forma spirituale, nella vostra forma fascinante di realtà, voi siete, oramai, tutta nel mio cuore, tutta nella mia anima e io sono come il tempio vostro, Diana, e mi sento sacro per una divina presenza.

«Paolo».

«Sei maggio...

«.... alla vostra cintura alta e molle di seta bianca, sul vostro vestito bianco che era, mi è parso, di lana leggera, voi portavate, un'ora fa, o Diana, quando i miei occhi si sono beati della vostra visione, Diana, cuor del mio cuore, voi portavate, sul lato sinistro, tre stupende rose bianche. Perchè i fiori che vi adornano, Anima cara, sono sempre bianchi? Il vostro viso, un'ora fa, era bianco come la vostra veste: o, meglio, era bianco come le vostre rose fresche, candido e magnifico come esse erano, malgrado che questo volto divino non avesse neanche una goccia di sangue. Non ho mai veduto un viso più avvincente, nella sua bianchezza nivale! Sovra esso, i vostri occhi erano come due larghe viole vellutate, oscurissime: e la bocca vi si delineava così nettamente, nel suo disegno porporino giovanile, che ancora mi abbaglia e mi fa struggere.... Mi avete voi ritrovato, col vostro sguardo, un'ora fa, avete avuto voi il rapidissimo tempo di scorgere lo sconosciuto vostro innamorato, colui che sempre vi aspetta, che sempre ha il compenso della sua umiltà e della sua pazienza, perchè voi gli comparite, a un tratto, innanzi, come chiamata, dal suo muto, possente desiderio sentimentale, gli comparite, d'improvviso, come un essere fantastico, e pure come la più seducente fra le donne? Chi sa, chi sa, chi sa, se mi avete scorto! Non so nulla, io, misero! Ero sul marciapiede dirimpetto a villa Melville, mentre voi, escita tutta sola dal vestibolo nel giardino, vi siete fermata, fugacemente, a salutare, a parlare, con la signora che vi aspettava, in automobile, fuori il giardino: una signora che non conosco, come non conosco *lady* Melville, come non conosco, ahimè, nessuno, nessuno che vi conosca! Mi è sembrato.... ho sognato, forse.... forse, mi sono illuso, che i vostri occhi di viola bruna si posassero su me, un attimo: ma posso io credere, alla mia illusione, al mio sogno? Con voi, con la dama, l'automobile è partita velocemente e appena se ho potuto notare il suo numero, per mia fortuna. Più tardi ho cercato, in un elenco, il nome della proprietaria: è la marchesa Sergianni, di Perugia. Mia sorella Lisa, la cara sorella mia, che ha passato una o due stagioni a Perugia, a una vaga richiesta mia, mi ha risposto, che conosce, un poco, la marchesa Sergianni: ma che, a Roma, l'ha vista raramente. Io, forse, potrò sapere qualche cosa di più preciso, su voi, fra qualche giorno.... forse.... se Lisa vorrà cercare la marchesa.... se io potrò indurla a tanto, senza confessarle il mio interesse.... Oh Diana, tutto quanto vi attornia, mi è ignoto; ogni passo che io tento di fare, verso voi, mi è inibito da questa mia ignoranza; ogni mezzo che io vorrei tentare per avvicinarmi, un poco, solo un poco, se non alla vostra amata persona, alla vostr'anima, al vostro cuore, mi pare periglioso e inetto; e voi dovreste sapere quello che mi è costato di tempo, di furberia, di indagini minuziose e caute, solo la conoscenza del vostro nome, Diana Sforza, la vostra qualità di ospite, in casa Melville. Posso, così, dirigervi una lettera, mettendola alla posta, inviandola per un mio servo, senza buttarla in giardino, come le due prime. Tutto è così incerto, fra me e Voi, tutto è così deludente! Le due prime lettere, gittate, così, come quelle di uno studentello a una sartina, le avete mai avute, le avete mai lette, sapete *perchè* vi amo? Sono esse nelle vostre mani, è il segreto mio amoroso, solo da voi appreso e custodito? Sapete voi come s'iniziò e come crebbe questa follia, che mi riempie di gioia spasimante? Chi, chi mi accerterà di questo? Chi mi assecurerà che voi sapete chi sia il giovane uomo, dall'aria assorta e pure inquieta, che voi incontrate sempre nella via, quando escite e quando rientrate in casa: che voi sapete che è

10

lui, che è colui che vi ha amato, in una sera di maggio, in Roma, perchè così appassionatamente cantavate, nel silenzio, che vi ama e vi amerà sempre? Forse voi non avete nè raccolto nè letto le mie prime due lettere; forse voi mi guardate come il più indifferente fra i passanti, perchè nulla voi conoscete di me: e tutto è un vano delirio della mia immaginazione.

«Diana, io sono un uomo e mi angustio e patisco profondamente, per amor vostro. Non posso continuare così, senza giungere alla disperazione. Io debbo sapere se, almeno, la mia parola, dal primo mio grido di misterioso entusiasmo, per la toccante voce muliebre che mi ha fatto balzare dalla mia indifferenza, sia giunta sino a voi: se tutte le altre mie lettere, vi sieno arrivate fra le mani. Non chiedo altro. Che altro posso io mai domandare, a voi, stella mattutina, porta del Cielo, da voi che non mi conoscete, per cui io sono l'estraneo, il viandante, colui di cui non si sa nè il nome, nè la patria, che incontrato da voi un momento, fuori della folla, è, subito dopo, travolto dalla folla. Io non posso nulla chiedere e nulla volere da Diana Sforza, a cui il nome di Paolo Ruffo è ignoto, a cui è ignota la persona di Paolo Ruffo. Posso, solo, domandare l'anonima pietà verso l'anonimo passante che soffre. Diana, anche voi avete dolorato e avete pianto in segreto, lo dicono i vostri grandi occhi, nel cui fondo bruno resta una tristezza antica: la vostra bocca fiorente non sorride mai, o rarissimamente, perchè qualche cosa di crudele spense, in voi, la volontà di sorridere; il vostro cuore ha sentito le trafitture di cui mai non si guarisce, intieramente. Per tutto questo, Diana, uditemi bene. Un'ora dopo che questa lettera, al vostro nome e cognome, sia stata portata, a villa *Star*, da un mio domestico e sia stata consegnata a voi, ospite cara ma libera delle sue azioni, in casa Melville, io vi farò portare un grande fascio di rose rosse, da un fioraio con una mia carta da visita, ove avrò scritto, solamente: *hommages*. Sono i candidi fiori, quelli che voi solamente e unicamente amate, è vero? O, forse, questi fiori sono scelti così, a caso, da chi ve li offre? Io non so. Ma io voglio mandarvi delle vive rose rosse, delle rose rosse quasi cupe, e fragranti come tutte le altre rose, prese insieme: esse saranno il simbolo della fiamma che mi vivifica e mi consuma, per voi: esse imbalsameranno la vostra stanza e la vostra persona, come io vorrei velare, fra i mistici profumi dell'incenso, voi e il vostro nido. Quando abbiate avuto questi fiori, Diana, io vi prego, io vi supplico, io vi scongiuro, in ginocchio, portate, domani, quando io possa vedervi, una di queste rose alla vostra cintura: io intenderò che sono giunte, sino a voi, tutte le mie lettere. Niente altro! Niente altro! Non temete di questo vostro gesto, che sarà solo quello della umana pietà: esso non mi dirà che voi mi amate, non mi prometterà che voi mi amerete, non mi darà la prova della vostra compiacenza per tanta mia adorazione, non me la prometterà, questa superficiale compiacenza, neanche, per l'avvenire. Diana, Diana, un uomo onesto, retto, buono, io, io, che vi scrivo, quest'uomo soffre mille tormenti per la sua mortale incertezza: se voi avete un cuore aperto alla compassione di donna, di cristiana: se voi sentite il vincolo sentimentale fra tutti quelli che soffrono: se, rammentando le vostre ore nascoste di patimento, voi volete che altri, per voi, sia consolato: per tutto questo, Diana, vogliate lenire le sofferenze mie, dare qualche ora di riposo al mio spirito tumultuante! Una rosa rossa, domani, sulla vostra diletta persona mi dirà, strettamente, un solo monosillabo: mi dirà che tutte le mie lettere vi sono giunte. Null'altro! Ma io saprò anche un'altra cosa bella: cioè che il cuore di Diana Sforza sente la pietà, che la sua anima splende di bontà e che, colui che pensa e sogna e scrive di lei, che colui che l'ama supremamente, può adorarla anche per queste altre sue virtù.

«Paolo».

«Sette maggio ...

— «Non siete escita, stamane, dal cancello di villa *Star:* pure vi ho veduta, non un poco, ma lungamente. Eran le dieci di mattina: voi siete discesa a passeggiare, in giardino. Non eravate sola. Vi accompagnava quel gentiluomo — sono certo, oramai, che non è vostro padre: egli è inglese, sì vede: voi siete italiana — che era con voi e con *lady* Melville, nel primissimo giorno in cui mi siete apparsa. Stamane, eravate vestita di un azzurro pallidissimo, come è il cielo di autunno, dopo una lunga pioggia; un aereo cappello bianco, di velo, mi pare, era posato sulla vostra capigliatura ondante, biondo castana, che mollemente segue le linee della testa e va a raccogliersi in un grosso nodo lucente, sulla nuca. Passeggiavate, voi e il signore inglese — un vecchio, infine, malgrado la robustezza della sua magra persona — lentamente, a passi eguali: malgrado che voi siate alta e slanciata, l'uomo, più alto di voi, curvava un po' la testa, verso voi, guardandovi. Voi non lo guardavate, mai: guardavate innanzi a voi, o, talvolta, fissavate uno sguardo distratto, come mi sembrò, sovra un albero, sovra una pianta. Ogni tanto — e io spiavo tutto questo dallo spigolo della mia terrazza, che affaccia sul fianco del giardino Melville — il signore inglese e vecchio, vi diceva una parola, senza sorridere, quasi senza muover labbro, quasi senza attendere risposta: nè voi avete risposto, mai. Una sola volta, avete fatto un cenno di adesione, con la testa. Insieme, avete passeggiato, in giardino, avanti e indietro, sempre nelle medesime attitudini: poi, voi, avete risalito gli scalini del vestibolo a colonne, che è davanti a villa Melville. Là, vi siete fermata un poco, come pensando, e avete levato gli occhi, dalla mia parte. Credo, credo che, allora, vi siate accorta di chi vi seguiva, di chi vi spiava, quasi, dall'angolo della sua terrazza, fra i penduli geranii rosa di sua sorella Lisa. Credo.... Non so.

«Diana, sono certo che le mie rose rosse vi sono state consegnate, ieri, con la mia carta da visita. Ma, stamane, voi avevate fra le mani un fascetto di mughetti bianchi, sorgenti fra le loro verdi foglie chiare: e ne aspiravate il profumo ogni tanto. E io sono il più sventurato fra gli uomini.

«Paolo».

«Lo stesso giorno

«Diana, Diana, che è accaduto, ieri, oggi, di ridicolo, di deludente, di affliggente e d'irreparabile? Un'ora fa ho ricevuto, qui, a casa mia, villa Ruffo, una carta da visita di *lady* Roselyne Melville, a me precisamente diretta. Diceva, in francese, sulla carta da visita: *Merci, pour les belles fleurs*. Null'altro. Le mìe infelici rose rosse non vi sono dunque arrivate: l'errore stupido, odioso, di un fioraio, di un servo di casa Melville, le ha date alla vecchia dama inglese. Che avrà pensato, *lady* Roselyne? Niente, forse. Tranquillamente, correttamente ella ha ringraziato il gentiluomo italiano, suo vicino — ella deve saper di me — di questo atto di omaggio mondano, senza chiedergli spiegazione. Queste grandi dame inglesi, sono così avvezze agli atti di rispetto, ai gesti di cortesia, malgrado la loro grave età, che essa non si deve esser punto sorpresa: e non ha chiesto nulla al donatore. O poveri miei fiori fragranti, o povere mie rose rosse, che dovevan dirvi il mio ardore e la mia sofferenza, che chiedeano una mite risposta confortatrice, poveri fiori parlanti e, ora, chi sa dove messi, in un salone banale, da un cameriere! Tutto questo è grottesco, è umiliante, è esasperante e io mi sento così smarrito.... così perduto....

«Paolo».

«Nove maggio...

«Non vivo più, da due giorni che non vi vedo escire da casa, neppure per una passeggiata in giardino; non vivo più, per questi due lunghi, eterni giorni, in cui siete scomparsa, Diana! Tutto è

12

buio e freddo, a me d'intorno, poichè la mia stella mattutina non brilla più nel mio cielo d'amore, o Diana! Tutta la mia infrenabile ansietà si rivela nei miei occhi, nelle mie parole, nei miei gesti: e non si stancano i miei occhi di guardare, di fissare, di spiare villa *Star* e ogni mio detto tende a indagare, a scovrire le ragioni della vostra sparizione e ogni mio gesto è fatto per sapere.... per sapere.... Come narrarvi la via della Croce che io ho percorsa, che ho rifatta, due o tre volte, in queste quarantott'ore atroci, aggirandomi intorno alla casa che voi abitate e dove cento volte ho pensato che voi non siate più, e qualche volta, anche, ho pensato che non vi siate stata mai; mi sono aggirato cautamente, come un ladro che preparasse un suo piano delittuoso, stringendo sempre più i cerchi della sua volontà criminale, intorno al posto ove sia racchiuso un prezioso tesoro.... Oh la gente del vicinato, di tutta questa regione di via Boncompagni, già mi segue con un occhio fra sorpreso e beffardo, quelli che mi conoscono, da anni, e con uno sguardo di sospetto, i nuovi vicini! Io non vivo più: e compio una serie di atti automatici, i comuni della vita, in uno stato di profonda distrazione: e faccio una serie di atti disordinati e confusi, fra lo stupore rispettoso del mio domestico Vincenzo e la meraviglia un po' malinconica di mia sorella Lisa; ora io sono muto e assorto, ora scosso da urti nervosi, giungendo, persino, a inaspettati scatti di collera, e infine, m'immergo, sono vinto da uno sfinimento mortale. Non vivo più, sono fuori della vita, e intanto la vita mi stringe e mi tortura: non vivo più, perchè non vi vedo più, perchè io, come un pazzo, ho messo tutta la mia esistenza mortale nelle vostre mani che, sempre, la lasciano sfuggire, perchè voi non mi amate, perchè voi non mi conoscete, perchè non sapete chi io sia, perchè mi siete lontana pochi passi e pure così distante, così immensamente lontana, come se viveste in un altro pianeta. Un dubbio tremendo mi trafigge: ed è che io, col mio folle amore, con le mie audaci lettere, con i miei audaci fiori, con questo mio assedio incessante, intorno a villa Melville, di cui tanti si sono accorti, di cui, forse, già tutti sanno, intorno a voi, vi abbia indotta a fuggire. Diana, chi sa dove son finite le lettere che vi ho buttate in giardino, chi sa mai dove son capitate quelle indirizzate al vostro nome, quando io l'ho conosciuto: chi sa mai chi le ha raccolte, chi le ha ricevute, chi le ha aperte, chi le ha lette, e ha riso di me e si è indignato contro me: chi sa mai, accanto a voi, dietro a voi, quali occhi estranei, severi, sprezzanti le hanno lette: Diana, quelle rose rosse, quei fiori di amore ardente, chi sa, tutti, costà, tutti, non so chi e tutti quanti, si saranno accorti, non è vero, che eran destinati a voi e non offerti a *lady* Melville: erano i fiori di uno sconosciuto: di un insolente, che osa scriver d'amore a una fanciulla che non conosce, che ha osato insistere, con le sue lettere, cinque o sei volte, in pochi giorni, che ha avuto l'imprudenza, l'impudenza d'inviarle dei fiori e ha sperato, questo pazzo, che la fanciulla se ne adornasse, come per un compiacente segno di risposta.... Chi, chi vi ha fatta scomparire, per sottrarvi a me, chi, un parente, un'amica, un innamorato geloso, chi, o semplicemente *lady* Melville, o semplicemente quell'uomo, quel signore con cui vi ho vista due volte, dalle tempie brizzolate e dallo sguardo così duro, che non è vostro padre, ma che, per la sua età, sulle soglie della vecchiaia, come è, v'impone rispetto e soggezione? Diana, chi vi ha tolta a me? O, forse, assai più spasimante, per me, è il sospetto che voi, voi sola, annoiata, offesa da me, voi sola, per vostra semplice e libera e unica volontà, solo per punirmi di tanta mia follìa, vi siete sottratta alla mia adorazione? Ah sì, sì, deve esser così, me misero, che vi ho ferita nella vostra virtù e nella vostra riservatezza, col mio amore improvviso, fantastico, assurdo, con le mie lettere confuse, convulse, ingenue e sfrontate, puerili e troppo appassionate, con le mie inaudite pretese di esser visto, d'esser considerato, d'esser compatito, con i miei infelici fiori che vi chiedevano, nientemeno, di rispondermi, questo domandavano, a voi, Diana Sforza, così lontana, così alta, per un umile viandante, per un uomo qualsiasi perduto nella folla! Non vi sono nulla, Diana, e volevo grandi cose, da voi, così, solo perchè vi amo, con questo magnifico e ridicolo pretesto, volevo tutto, da voi, infliggendovi questo mio sentimento così violento, accerchiandovi con tutti i mezzi che avevo disponibili, chiedendo persino, persino, pensate mai, che voi mi rispondeste, con una rosa rossa, mia, nelle vostre mani, alla vostra cintura.... No, niuno vi ha costretta a fuggirmi: siete voi, voi sola che avete voluto rigettarmi nella folla, nell'ombra, donde non avrei mai dovuto escire. Questa è la nuda, la micidiale verità!

«Paolo Ruffo».

«Roma, dieci maggio…

«Stamane, Lisa mia, la mia diletta sorella ha avuto pietà di me. Tante volte le è accaduto di consolare il suo grande e forte fratello, a questa gracile creatura, così fervente di tenerezza! Quando ella mi ha visto, stamane, dopo tre notti d'insonnia, smorto, stanco, sfinito, ella si è fatta pallidissima e mi ha detto con quella voce insinuante:

«— Paolo, tu soffri e non vuoi dirmi di qual male....

«Io mi son sentito frangere il cuore alla sua compassione; l'ho abbracciata e sulla sua spalla ho pianto tante, tante lacrime amare, che eran chiuse dentro me e mi soffocavano. Lisa, sensibilissima, sagace in tutte le forme della consolazione fraterna, mi ha lasciato piangere, carezzandomi i capelli, asciugandomi delicatamente il viso cosparso di lacrime, con un suo molle fazzoletto. Poi, ha soggiunto, a bassa voce:

«— Dimmi, Paolo, quello che io posso fare, per te....

«Lisa mia è una creatura eccezionale. Io ho trentadue anni: ella ne ha ventotto: io sono sano e robusto: ella è gracile e tenue. La cara madre nostra era nel pieno fulgore della sua beltà e della sua salute, quando mi ebbe: era già minata mortalmente, quando ebbe Lisa e questa nascita abbattè le sue forze declinanti: ella si spense un anno dopo la nascita di Lisetta. È un fiore fine e fragrante: ma questa fanciulla cresciuta senza madre, ha un'anima ferma e diritta, nella sua bontà, nella sua indulgenza, nella sua carità. L'amore le si è offerto, lusinghiero: ma, ella, di libera volontà, non ha gradito l'offerta; forse, ella aspettava, nel segreto della sua anima, qualche altra cosa, qualche altra persona: tranquilla, ella conserva il suo segreto, nel più intimo di sè stessa, e di sè non parla e non lascia che si parli, e prodiga a me, prodiga a quanti essa ama, non molte persone, i più ricchi doni della sua anima, così, naturalmente, come una limpida sorgente montana. La sua fraterna pietà, stamane, è venuta in tempo a scamparmi da un accesso di tetra disperazione. E quando ella si è offerta, così generosamente, di aiutarmi, come ella meglio poteva, perchè io avessi modo di consolarmi, io ho avuto il coraggio di chiederle ciò che più mi stava a cuore, cioè che ella andasse dalla marchesa Pia Sergianni, a domandar di voi, Diana, a saper tutto di voi, Diana, che siete sparita....

«— Perchè vuoi tu questo, Paolo? — Lisa mi ha chiesto, fissandomi coi suoi chiari occhi affettuosi e leali.

«— Perchè l'amo! — ho proclamato io, con tale accento impetuoso, che la mia Lisa ha chinato gli occhi, tutta pensosa.

«— Andrò — ella mi ha detto, senz'altro.

«Ma la marchesa Pia Sergianni è fuori Roma, oggi: ella rientra solo domattina. E la mia tenera sorella solo domani potrà visitarla, parlarle di voi, udire di voi, ripetere a me, tutto, darmi, infine, il balsamo di qualche notizia. Non prima di domani! E stasera, quando avrò finito di scrivervi queste mie parole così tristi, quando avrò portato io stesso, alla posta, questa mia lettera, perchè vi giunga, così, fra le altre e non attiri l'attenzione e voi non possiate neppure respingerla, che farò, io, dopo? E stanotte, come dormirò? Domani: quante ore di tormento, di mortale tristezza mi dividono, da domani? Domani! E se non avessi la forza di vivere, sino a domani?»

«Paolo Ruffo».

«O Diletta, o Adorata, o mia Unica, o cuor del mio cuore, vi ho udita, vi ho udita, vi ho udita! Avete cantato, mi avete parlato, mi avete risposto! Tre giorni di disparizione vostra, tre giorni senza luce e senz'aria, per me, tre notti senza sonno e senza riposo, tutto, tutto è cancellato dal mio cuore che palpita di una gioia piena, tutto è cancellato dai miei nervi esasperati e io sono in uno stato di fervore, di ebbrezza! Diana, stella del mio firmamento, stella dell'alba e del crepuscolo, voi vi siete degnata di parlare al vostro sventurato amatore, col vostro canto, perchè egli rinascesse alla vita, alla lietezza di vivere, alla felicità: io m'inginocchio, davanti a voi, immagine ideale della felicità, m'inginocchio per ringraziarvi, con quanto è in me di più puro, io mi prostro, in atto di devozione, dinanzi a voi, Diana, che mi avete parlato! Che facevo io, mai, un'ora fa, quando, a un tratto, ho avuto il dono grande della rivelazione? Tutto avevo fatto e tutto ricominciavo a fare, per obliare, almeno un poco, l'acuto dolore dell'intima ferita che sanguinava, in me: io avevo tutto tentato e tutto cercavo di tentare, ancora, per dimenticare, per stordirmi, per addormentare la puntura profonda: ero uscito a cercar degli amici e, poi, li avevo lasciati frettolosamente; ero penetrato nel mio *club* e ne ero venuto via, d'improvviso; ero entrato in un teatro, restandovi solo pochi minuti: e, infine, di nuovo, io ero rientrato in casa, verso le undici, snervato, esausto, ma sentendo, più che mai, vivido il mio male; un solo male, un unico male, Diana: la vostr'assenza. In casa mia, disteso fra i molli cuscini di un canapè, leggendo, fumando, pensando, tornando a fumare, un torpore mi aveva abbattuto. Quando come la gran parola di Cristo a Lazzaro, la vostra voce attraversò lo spazio, attraversò la notte e mi risuscitò.... Cantavate, come la prima sera: cantavate con quella voce toccante che mi fa tremare di tenerezza, con quella espressione così intensa e così contenuta che mi ricerca quanto di più sensibile e di più fremente ha l'anima mia.... Cantavate, Diana, l'antica e amorosa e suggestiva melodia di Giambattista Pergolesi, il maestro che è vissuto per l'arte, per l'amore e pel dolore, il maestro che ha esalato nella musica quanto egli ha patito: l'antica melodia amorosa che Liszt amava, Liszt, il grande innamorato e che Liszt ha trascritto, nota a chiunque, questa melodia, ricerchi nella musica un contenuto più intimo e più profondo: l'antica melodia di Nina, che è inferma, che pare dorma, che forse è morta! Dicevate nel bel canto italiano lento e soave, insieme: *Tre giorni son che Nina.... A letto se ne andò....* O amore mio incomparabile, voi siete stata malata, per tre giorni, come Nina, come la dolce Nina di Pergolesi, voi Diana, povera cara inferma e io non l'ho saputo, io misero, io, ignorante, io non ho potuto saperlo, e sono stato infelice come non fu mai tanto creatura umana, non vedendovi, mentre voi pure soffrivate, per un malore misterioso e io vi ho torturata, con le mie lettere, Diana, perchè non posso vivere senza vedervi, senza udirvi. Cantavate, o Creatura perfetta, nella vostra immensa pietà, nella vostra immensa bontà, quella musica obliata da tutti, che è un poco triste, anzi, nel fondo, molto triste, la cantavate per dirmi che la vostra sparizione era stata forzata, per dirmi che eravate guarita e perchè io rivivessi al suono della vostra voce, al fascino che agirà, su me, sino alla morte e oltre la morte, il fascino della vostra voce! Oh quante cose in quella dimenticata melodia pergolesiana, quante cose fatte per dare un balsamo alla ferita che porto nel fianco, quante cose, Diana, avete voluto esprimere e quante cose io ho inteso, e io son vivo, io son risorto, io vi adoro, io sono pronto, di nuovo, a soffrire per voi, a spasimare per voi, poichè io so che voi mi siete pietosa, e che il mio male è noto al vostro animo nobile e voi volete consolarlo. Come lenta e poi più rapida, quella musica di Pergolesi, come molle prima e poi più vibrante, e, infine, col grande grido straziante: *Svegliatemi Ninetta....* che ha fatto turbinare, intorno a me, la notte e il suo firmamento e la terra: *Svegliatemi Ninetta*, poichè, forse, Ninetta dormiente non si sveglierà mai più, da quel sonno troppo lungo.... No, Diana, no!

«.... Voi avete finito di cantare e io, per molto tempo, ancora, udivo in me la vostra voce e ne era colmo il mio cuore e ne eran ebbri i miei sensi. Sono disceso in via Boncompagni e umilmente, nelle ombre notturne, io sono venuto innanzi al cancello di villa Melville, in atto di adorazione. Il grande verone era schiuso, come di consueto: l'ho mirato, a lungo, dalla via, sperando vedervi apparire la donna divina, che mi aveva tolto alla mia disperazione, con un tenero atto di carità: ho teso l'orecchio, a lungo, a lungo, aspettando, chi sa, la sua voce sublime si elevasse, di nuovo, nella notte. Nulla, più. Il miracolo era compiuto e finito. Mi sono chinato e piamente ho baciato la fredda serratura del cancello, che cinge la casa ove siete ospitata, Diana. Sono rientrato: ho scritto, scrivo, tremando, sempre, di una emozione che non ha nome: poichè è la felicità istessa di cui mi è apparsa l'immagine, nel vostro canto, che era diretto a me solo, solo a me, poichè voi siete, o Donna, la medesima dolcezza, perchè voi non potete veder soffrire nessuno, o Anima, perchè voi avete voluto spargere l'olio che risana sulle mie ferite, o Samaritana mia, o Ninetta, o povera cara inferma, che è guarita, che non dorme, che non vuol dormire, come *l'altra*, quella di Pergolesi! Ah voi vivete, o rara beltà, o rara bontà, o regina fra le regine, a cui mi prostro, adorando.

«Paolo Ruffo».

«Roma, undici maggio...

«Mia sorella Lisa è rientrata, oggi, verso le sei e mezzo, dalla sua visita alla marchesa Pia Sergianni. Io l'aspettavo, cercando vincere la mia ansietà, andando e venendo, senza scopo, dal salone di casa nostra al mio piccolo studio: con mio stupore, quando ella è entrata in casa, non mi ha raggiunto subito. Ho atteso, qualche minuto, sempre più inquieto, irritato, anche, contro Lisa, per il suo indugio: ella ha bussato discretamente all'uscio dello studio, è venuta a sedersi dirimpetto a me, dall'altro lato della mia scrivania. Ella volgeva le spalle al grande balcone schiuso, forse espressamente: era l'ora del crepuscolo: e io non potevo scorgere bene le linee del suo viso. La sua mano lunga e bianca batteva, leggermente, con le dita, sul tavolino:

«— Ebbene, Lisa? — le ho chiesto, impazientissimo.

«— Ebbene, Paolo? — ella mi ha risposto, molto calma, troppo calma, per la mia crescente inquietudine.

«— Che hai saputo di *Lei?*

«— Poco....

«— Poco? Perchè, poco?

«— Perchè ho chiesto poco alla marchesa Sergianni — ella mi ha detto, a voce più bassa.

«— Hai creduto di chieder poco? Così hai creduto, Lisa? — ho esclamato, io, frenando a stento uno scatto.

«— Per delicatezza, Paolo — ella ha risposto, con tanta tenera soavità che la mia collera, subito, è caduta.

«— Lisa, Lisa mia, ti scongiuro, dimmi tutto! — ho implorato, io, desolato.

«— Interrogami — ella ha mormorato, senza guardarmi.

«— Perchè questa parola così strana, di mia sorella Lisa, mi ha dato un colpo anche più forte di tutte le altre sue risposte? Perchè non voleva parlare, Lisa? Perchè voleva essere solamente interrogata? Che cosa mai temeva di dire, se avesse troppo parlato, lei?

«— Ella si chiama Diana Sforza, è vero? — ho chiesto, affannoso, quasi convulso.

«— Sì: Diana Sforza, di Perugia.

«— È nobile? È ricca?

«— Molto nobile, Paolo: molto povera: poverissima.

«— E la sua famiglia?

«— Padre e madre sono morti, a Perugia. Ha due fratelli, più piccoli di lei.... due sorelline.... tutti poverissimi.

«— E chi si cura di lei, di loro?

«— Un tutore.... credo.

«— Quel signore, forse, che ho visto con lei, a villa *Star?*

«— ....no — ha detto Lisa, vagamente, volgendosi a guardare la luce del tramonto, nel vano del verone.

«— E chi è mai, colui?

«— ....non so. Non conosco — ha detto Lisa, lasciando cadere il discorso.

«— Ma che è, *lady* Melville, a Diana Sforza? — ho ripreso io, ansiosissimo.

«— La sua più grande amica, la sua migliore protettrice. La conosce da molti anni, in Roma: Diana era bimba....

«—Ah! Comprendo. Queste inglesi sono così fedeli! E la marchesa Sergianni?

«— S'interessa molto a Diana Sforza, perchè è sua compatriotta: ma non può molto, per lei....

«— E che dice, di Lei?

«— Che è una creatura perfetta, per la sua beltà e per la sua virtù: ma che è sventuratissima....

«— Perchè, sventuratissima? Come, sventuratissima? Parla, Lisa, parla!

«— Perchè è molto povera, Diana Sforza, ed è così fiera.... e ha una lunga famiglia, dietro lei.... ed ha già venticinque anni.... ed è così sola, infine, nella vita, a combattere....

«— E che altro? Che altro?

«— Niente altro, Paolo.

«— Possibile, Lisa mia?

«— Possibilissimo, caro Paolo.

«Un breve silenzio: e io proruppi:

«— Tu mi nascondi qualche cosa, Lisa! Tu non vuoi parlare....

«Mia sorella si curvò, un poco, a traverso la tavola che ci divideva, toccò fuggevolmente con la sua mano fraterna la mia, con una piccola carezza:

«— Io ti voglio tanto bene, Paolo, fratello mio!

«— E io, io, Lisa mia, ti amo tenerissimamente.... — ho esclamato, convulso.

«— È vero? È vero? E, allora, udresti una mia semplice parola e seguiresti un mio semplice consiglio, Paolo? — ella ha detto, guardandomi, fissandomi, con i suoi buoni occhi pieni di dolcezza, ma, anche, così suggestivi.

«— .... Non so, Lisa.... non so.... non posso promettere — ho risposto io, al massimo dello sgomento morale.

«— Lascia Diana Sforza al suo destino — ella ha detto, con la sua voce più ferma.

«— No! — ho gridato io, con forza. — Io l'amo!

«— Dimenticala: parti, come dovevi partire una settimana fa; parti domattina; parti stasera; parti senza volgerti indietro, senza scrivere una parola, senza dare un saluto; parti, Paolo....

«— Io l'amo.... io l'amo.... io l'amo.... — non ho saputo mormorare altro, io, sordamente, tetramente.

«— Non devi più amarla; devi dimenticarla; devi partire....

«— Perchè, Lisa, perchè?

«— Perchè è troppo tardi — ella ha detto, gravemente, guardando il cielo violaceo del crepuscolo.

«— Oh Lisa, non farmi morire, dimmi tutto!

«— È troppo tardi — ella ha replicato, senza sorridere, senza guardarmi, fissando il cielo.

«— Lisa, io voglio saper tutto! Io muoio, se non mi dici tutto!

«— Io ti ho detto tutto — ella ha risposto, solennemente.

«Si è levata, si è allontanata, senza voltarsi, col suo passo tranquillo, sparendo dai miei occhi....

«Io ho qui trascritto fedelmente, parola per parola, il terribile dialogo fra me e mia sorella. Credo in Lisa come nella verità istessa: credo nella purissima coscienza di Lisa, più che nella mia; credo nell'affetto tenace, previdente, efficace di Lisa, per me.... Ma quanto ella mi ha detto, della verità, è cosa tanto tremenda, per il mio amore, è tale una devastazione del mio cuore, è tale una rovina e una morte del mio sogno sentimentale, che io non posso assuefarmi, rassegnarmi, perire, così, senza un'altra parola, l'unica parola capace di darmi il colpo supremo. Diana, se il vostro aspro destino vi mena, oramai, lontana, per sempre, dal vostro povero innamorato ignoto e se costui, con tutto il suo vano, il suo inutile amore, non può, ahimè, strapparvi a questo destino che egli non sa, ma di cui sente la crudeltà: se io, Diana, non ho modo di conquistarvi, di prendervi, di tenervi stretta al mio petto, stretta al mio cuore forte e fedele; Diana, se è troppo tardi, se è *veramente troppo tardi*, per il mio amore, per me, nella vostra vita: se questa fatal cosa, *troppo tardi*, deve recidere tutti i fiori della mia adorazione, se deve far inaridire tutte le sorgenti fresche limpide del mio amore, se deve distruggere quanto il mio amore e il mio sogno avevano creato, in me, attorno a voi, per voi, Diana, ebbene, siete voi che dovete dichiararmelo. Voi sola dovete dirmi: *uomo che m'ami, sappi che è troppo tardi, per amarmi*. Ho acquistato il disperato diritto di saperlo, da voi stessa: l'ho acquistato con questo sentimento violento e pure tenero di adorazione, per voi; l'ho acquistato per questa mia devozione immensa, a voi: l'ho acquistato col dono che io vi ho fatto, ciecamente, follemente della mia vita interiore e della mia esistenza mortale. Diana, rispondete! Se è troppo tardi, se è veramente troppo tardi, se io debba sparire — e non ero che un'ombra! — dal magico cerchio ove voi vivete, se io debba, con le mie mani, uccidere l'amor mio, se io debba dimenticarvi, se io debba lasciar questa mia casa, dove vi ho così singolarmente amata, per rientrarvi chi sa quando, se io debba lasciar questa via, testimone del mio grande ardore sentimentale, se debba lasciare Roma istessa per molto tempo, forse, *voi* dovete impormelo. A voi sola, io crederò: a voi sola, io obbedirò. Ascoltatemi bene: voi avete una veste bianca, in cui mi siete apparsa, in uno dei brevi, fuggevoli giorni della mia morente felicità amorosa: domani, indossatela: ma stringetela alla vostra cara persona con una sciarpa nera, con una cintura nera. Non tardate, ve ne scongiuro. Quanto più presto sia possibile, dite a costui che vi rammenterà, dolentemente, per tutto il corso dei suoi giorni, che voi siete schiava di una volontà superiore. Io vedrò il volto di ineffabile bellezza:

vedrò la veste candida: ma vedrò anche la cintura nera, cioè il segno del cordoglio e della prigionia. Io chinerò il capo sul mio lutto sentimentale e vi obbedirò, senza volgermi indietro, e sparirò, Diana....

«Paolo Ruffo».

«Roma, dodici maggio...

«In quest'ora estrema, Diana, che Iddio possa benedire, con tutti i suoi più alti compensi, la vostr'anima di verità, di virtù e di abnegazione. Vi ho scorta, stamane, verso il meriggio, discendere lentamente gli scalini del vestibolo di villa *Star:* eravate sola: siete penetrata nel folto del giardino, siete scomparsa, per poco e siete riapparsa, sempre sola. Eravate tutta vestita di bianco, *come in quel giorno:* una sciarpa nera cingeva la vostra snella persona. Io, attonito, smarrito, ho compreso. Eravate fasciata di lutto: e avete voluto dirmi che è tardi, che è veramente troppo tardi, per me. Quanto era infinitamente triste il vostro viso, stamane, Diana! Addio, dunque, Diana, amor mio unico, amor mio ultimo!

«Paolo Ruffo».

«Parigi, quindici giugno...

«Nobile damigella, permetta a un suo lontano ma caldo ammiratore di offrirle le sue più schiette congratulazioni, per le sue nozze imminenti. Io mancherei non solo a uno stretto dovere di cortesia, ma tradirei un impulso del mio animo, se in questa tanto fausta occasione, io non le facessi subito giungere, fra tante altre parole gratulatorie che Ella, certo, va ricevendo da ogni parte, anche la parola mia di fervente felicitazione. L'accolga, io ne La prego e la gradisca: voglia non confonderla con tante altre indifferenti, fredde, di un arido carattere mondano. Chi le scrive, è, in tutta sincerità, lietissimo dell'alto destino che vien fatto alla sua bellezza, al suo fascino, alla sua virtù.

«Io ignorava, sino a due giorni fa, tale splendido evento. Io era, solo, in un teatro di genere allegro, l'altra sera: avevo ascoltato, piuttosto distrattamente, un primo atto di una *pochade* che mi era sembrata grottesca: nell'intervallo, scorrevo, con l'occhio, il *New York Herald*, cercando ove si parlasse della società romana, e, così, cercando, cercando, io vi ho letto questa notizia che oso, qui, riprodurre, parola per parola, senza nulla aggiungere nella mia fedele traduzione: *Sono fissate per il venticinque giugno, in Roma, le nozze fra una delle più belle e delle più virtuose damigelle dell'alta società italiana, la signorina Diana Sforza, di Perugia, discendente diretta di quell'importante ramo degli Sforza che si stabilì in Umbria quattrocento anni fa, e l'illustre gentiluomo inglese, sir Randolph Montagu, primo consigliere all'Ambasciata inglese di Vienna, ora in licenza a Roma. La seducente fidanzata è orfana, da tre anni, dei suoi genitori ed è la primogenita fra vari fratelli e sorelle: è una sua amica affettuosa, lady Roselyne Melville, che, adesso, la ospita, in Roma e le fa da seconda madre. Le bellissime nozze, infatti, si celebreranno a villa Melville. Lo sposo appartiene a una molto antica e molto cospicua famiglia inglese: ha, in diplomazia, un posto eminente, potendo essere, fra pochissimi anni, ambasciatore del Regno Unito. Niun dubbio che lady Diana Montagu porterà, nella sua nuova posizione, all'estero, tutta la magia della sua beltà e della sua grazia italiana.* Confesso, qui, gentile signorina, che ho riletto quattro o cinque volte questa

19

notizia così inaspettata, sebbene magnifica: si può dire che io ne abbia imparato i termini a memoria, uno per uno, in quell'*entr'acte*. Il secondo atto di quella buffissima farsa, essendomi parso tragico, io ho abbandonato il teatro e senza fermarmi, come di consueto, in un *restaurant* di notte, o in un caffè dei *boulevards,* io sono direttamente rientrato all'*Hôtel Crillon* ove dimoro, da oltre tre settimane, Le ho subito diretto, nobile signorina, una prima lettera di felicitazione: ma essa a rileggerla, mi è sembrata monca, non esprimendo abbastanza la mia gioia per la Sua grande gioia. L'ho lacerata: anzi, ne ho lacerate altre due o tre, anch'esse confuse e manchevoli. Così è trascorsa la notte, fra la mia impotenza a dirle quanto io sia estremamente contento del suo matrimonio e come io auguri alla futura e molto prossima *lady* Diana Montagu, ogni maggiore splendore di lusso e di potenza....

«Dopo una notte insonne — si dorme così male, in questo rumoroso Parigi! — ieri mattina, verso mezzodì, io mi sono recato al *Jockey Club* di cui non faccio parte, sebbene ne potessi aver diritto, per il mio nome di famiglia, ma dove vado, spesso, a cercare di qualche amico. Colui di cui ho domandato, ieri, con una sorda e celata ansietà, è il duca di Campobello, un gran signore siciliano, cosmopolita, la cui spiccata specialità è di conoscere tutta, tutta la storia mondana moderna, in ogni suo intrigo e in ogni suo raggiro: adopero queste due parole poco oneste e Gliene chieggo scusa, ma è per dirle la importanza del duca di Campobello, come cronista di tutte le cronache palesi e segrete dell'alta società internazionale. Egli fa sempre colazione al *Jockey Club:* infatti ve l'ho trovato, molto amabile: e ho finto di far colazione con lui — non si ha mai fame, a Parigi! — perchè egli potesse informarmi, molto meglio del possente giornale americano di Parigi, sulle grandi nozze Sforza-Montagu. Egli mi ha messo al corrente, minuziosamente, con quella precisione e quel sereno cinismo che lo distinguono: e la storia di queste magnifiche nozze che formano e formeranno, cara signorina, la Sua perfetta felicità e, quindi, anche la mia, mi è nota in ogni suo dettaglio. Il duca di Campobello ha cominciato per rimpiangere, così, fuggevolmente, che una stupenda fanciulla, di un così gran nome, piena di tutte le virtù, dovesse lasciar l'Italia, per sempre, giacchè, nessun italiano, nobile o non nobile ma ricco, ricchissimo, avesse mai pensato di sposarla, essa, che non aveva un soldo di dote, essa che aveva, in fondo affidati a lei, fratelli e sorelle senz'avvenire e senza fortuna.... Ma ha subito soggiunto che il matrimonio di Diana Sforza con *sir* Randolph Montagu, era uno di quei miracoli grandi della sorte, di quelli che, ogni tanto, si narrano, come una storia fantastica; che solo la immensa amicizia e la immensa protezione di *lady* Roselyne Melville avean potuto pensare, sognare, tentare, riuscire in una simile partita e vincerla, per dare a Diana Sforza una posizione alta e solida, per mettere la sua famiglia, così povera, in una strada di benessere e di dignità sociale. Il duca di Campobello immaginava che, certo, la leggiadria, la nobiltà morale, la fierezza di Diana Sforza avean sedotto il diplomatico inglese: ma che questo innamoramento era anche dovuto, sovra tutto, alle suggestioni della vecchia dama inglese e ai contatti mondani che ella aveva procurati fra *sir* Montagu e la signorina Sforza. Le giuro che solo in quell'istante, in un barbaglio di ricordi, io ho raffigurato chi fosse il Suo sposo: colui, colui che ho scorto, tre o quattro volte, accanto a Lei, io in villa *Star*, in vettura, in automobile: colui che, per la sua età apparente, per i suoi capelli brizzolati, per le rughe del suo magro volto, io scambiai, un istante, per suo padre. Frenando, alla meglio, il mio sussulto interiore, io ho detto al duca di Campobello, che, certo, il Suo sposo doveva avere molti più anni di Lei, signorina.

«— Moltissimi — ha replicato Campobello, freddamente. — Forse trent'anni più di Lei....

«Campobello è un uomo precisissimo. Dirimpetto a noi, a un'altra mensa, facevan colazione, insieme, consiglieri e segretari di ambasciata, stranieri e francesi. Vi era, anche, Francis Normand, che è un annuario vivente della diplomazia. Campobello gli si è avvicinato e gli ha chiesto, sottovoce, l'età di *sir* Randolph Montagu, primo consigliere all'ambasciata inglese di Vienna. Normand ha pensato, un poco, prima di rispondere: poi, ha detto una cifra, sottovoce, al duca di Campobello. Costui, trionfante e discreto, nel suo successo di cronista, è ritornato da me e mi ha mormorato:

«— Trentuno di differenza: lei, venticinque: lui, cinquantasei, scoccati. Io aveva indovinato.

«— È un vecchio.... — un vecchio.... ho balbettato io, soffocando ogni altra espressione.

«— Un vecchio, sì.... ben conservato.... pare che il *claret* e il *wisky* conservino.... Vecchio: ma, fra dieci anni, Diana Sforza sarà ambasciatrice. E, più tardi, amico mio, qual vedova…!

«Io nulla dovevo udire, più: e nulla più ho chiesto di sapere, dai miei amici del *club*. Sono rientrato nel mio albergo e ho tentato di raccogliere i miei ricordi e le mie impressioni. Ella sa bene che chi sottoscrive questa lettera, è quel giovane che, a un tratto, fu vinto da una follìa bizzarra: colui che osò innamorarsi di Lei, nobile signorina, sei settimane fa, in Roma in una notte di maggio, sol perchè la Sua voce profonda, penetrante, toccante, era giunta sino a lui e aveva penetrato e toccato il suo cuore, per sempre; è quel giovane audace, che Le scrisse delle lettere convulse ma sincere, di amore, dopo di averla vista apparire, tre o quattro volte, in un giardino, in una via, in vettura, in automobile; è quell'audacissimo giovine che Le mandò delle rose rosse e La pregò di adornarsene; è colui che l'assediò, ovunque, per giorni e giorni, solo per saper qualche cosa, di Lei, solo per scorgerla, un istante. Costui, è quello che Le scrive: costui, colui che, audacissimamente, nel fuoco del suo sentimento, sperò, sì, sperò, fortemente, credette, sì, credette, che questa sua passione d'amore, pura e schietta, sorta come una vampa da un cuore che parea deserto e morto, per sempre, sorto da un'anima che non aveva finito di voler amare e di voler essere amata, credette, egli, che questa fiamma avrebbe acceso l'animo Suo. Sì: Paolo Ruffo ha creduto fermamente che un giorno, non lontano, Diana Sforza lo amerebbe. E Diana Sforza deve assolvere questo peccato mortale di orgoglio amoroso; Diana Sforza deve compatire e indulgere a questa superba *certezza*, perchè è quella che hanno tutti i veri, tutti gli autentici innamorati: deve perdonargli la sua alta speranza, la sua alta certezza.... Giacchè egli era giovine, come era giovine, come è giovine Diana Sforza; giacchè egli era della sua stessa razza e della sua stessa patria; giacchè egli era sensibile e ardente come Diana Sforza era, quando, nella notte di maggio, la sua voce fremeva e bruciava di amor contenuto, invocando Euridice, invocando il suo bene; giacchè un potere ignoto e possente aveva condotto, l'uno verso l'altro di lontano, di così lontano, in un incontro impensato e travolgente, le loro vite; giacchè tutto era favorevole, perchè l'animo puro e tenero di Diana Sforza si commuovesse all'amore intenso, devoto, invitto di Paolo Ruffo.... tutto!

«Tutto? Nulla! Colei che il pazzo, il fanciullo, lo sciocco che sottoscrive questa lettera, ha così puerilmente, scioccamente e vanamente amata, era, di già, in quell'ora del *loro* destino, la giovine fidanzata di *sir* Randolph Montagu, inglese, patrizio, diplomatico, enormemente ricco, vecchio, egli che aveva trentun anni, già, quando la sua fidanzata è nata; colei che in quella notte fatata, in quella notte fatale, così malinconicamente cantava il lamento di Orfeo, non cantava per attrarre e tenere, per sempre, il cuore e i sensi di Paolo Ruffo, ma per meglio sedurre, col suo fascino, *sir* Randolph Montagu, colui che dovea darle, fra poco, ricchezze, onori, omaggi di re e di principi; e quell'uomo che, sempre, appariva accanto a Diana Sforza, freddamente rispettoso, rivolgendole di raro la parola, non sorridendole mai, guardandola appena, quell'uomo, quello straniero, quel vecchio, era il suo fidanzato, da mesi, forse, e sarà il suo sposo, fra giorni, e i fiori candidi di cui la fanciulla si adornava, eran quelli offerti da lui, ogni giorno, i fiori del fidanzamento.... Nulla, nulla, nulla più per l'inetto, per il misero, per il miserabilissimo Paolo, la cui modesta fortuna basta appena a far fare una vita dignitosa a sua sorella Lisa e a lui: nulla per Paolo, giunto invero, troppo tardi, col suo amore inane, col suo amore inutile, col suo amore che niente altro potea essere, per Diana Sforza, che un amore! Ah io non sono neppure giunto troppo tardi, non è neppure questione di tempo, per il mio povero, stupido e nudo amore, è questione di denaro! Io ne ho così poco! E *sir* Randolph Montagu è ricchissimo. Io ho creduto, in Roma, alle oscure parole di mia sorella Lisa, che un ostacolo singolare, insormontabile, mi dividesse, per sempre, dalla donna che amavo e che non dovevo amar più: idiota, che sono, ingenuo e idiota! Innanzi alle mie semplici e umili preghiere, innanzi alle mie supplicazioni, ma, sovra tutto, per liberarsi di me, cara signorina, Ella mise l'ultimo giorno in cui io la vidi, la cintura nera del gran divieto. E io adorai ciecamente la sua virtù e dolorosamente benedissi la sua virtù e credetti al Grande Ostacolo, chi sa mai quale! Ecco l'ostacolo: il denaro. Questo diceva la nera cintura di Diana Sforza, che io tenni per un segno di tenerezza umana, di pietà umana. Diceva, la cintura nera di Diana Sforza: *Tu non hai denaro: tu non puoi sposarmi: tu non devi amarmi.* Così sia!

.   .   .   .

«Ho pensato che io, forse, avrei dovuto fare, anche da lontano, un dono alla novella sposa, che tanti ne riceverà, da parenti e da amici. Infine, un vincolo sentimentale, un vincolo ideale mi legava ad essa: un vincolo conosciuto solo da noi due, ma intimo, vita della vita interiore. Un dono era, è necessario alle nozze di Diana Sforza! Ma dove mai trovare un gioiello così prezioso, degno di poter far parte di quelli, fulgidissimi, che saranno dati, a Lei, e di cui si adornerà *lady* Diana Montagu e rifulgerà la sua bellissima testa sotto i diamanti, come un angolo di firmamento, e le sue perle saranno meno bianche del suo collo! Un gioiello, un gioiello, un *ex-voto*, io debbo offrirglielo, prima che Ella vada sposa e ci lasci per sempre! Eccolo, dunque. È questo infrenabile, inguaribile sdegno contro la mia sorte, contro la Sua sorte; è questo invincibile disgusto della vita, delle sue laidezze, delle sue bassezze; è questa nausea di tutti i sozzi contratti umani, per cui la bellezza si vende, l'onore si vende, l'amore si vende.... Oh che orrore, che orrore, Diana, che orrore, vendervi a un vecchio, a uno straniero.... vendervi, come una cortigiana....

«Paolo Ruffo».

«*Roma Parigi, 2470, 15 17 giugno, ore 7 mattina*

«Signorina Diana Sforza

«Villa Melville, via Boncompagni

«Roma»

«Un disperato vi chiede perdono.

«Paolo Ruffo».

«*Parigi, diciassette giugno, ore 7 di sera*

«Diana, parto fra due ore per Roma. Vengo a buttarmi ai piedi vostri, a batter la fronte sulla terra, per chiedervi, di nuovo, il perdono a così ignobile e ingiusta mia offesa. Ma sono un disperato: vi perdo e non posso vivere, senza voi: mi sento morire e non muoio. Forse, se vi rivedo, Dio permetterà che io muoia innanzi ai vostri occhi.

«Paolo».

«Diana, sono giunto, sono qui: stanco mortalmente, di tutte le stanchezze: tutto il mio furore, tutto il mio sdegno è mutato in dolore; tutte le mie maledizioni sono lamenti; tutte le mie imprecazioni sono gemiti: tutti i miei propositi terribili si sciolgono in sordi singhiozzi, in lunghe lacrime: e io, uomo, a trentadue anni, piango tutto il pianto che si è accumulato, dalla prima giovinezza, io piango tutte le lacrime che, da anni, da anni, eran ricadute sul mio cuore e vi avevan formato nel suo fondo, un lago oscuro dalle acque amare. Io son solo, in questa mia casa, donde Lisa è lontana, a Rieti, presso una nostra vecchia parente, a trascorrervi il tempo della mia assenza: son solo, in questa casa muta, deserta, ed essa mi sembra quella donde un morto, una persona carissima, sia uscito, ieri, chiuso nella sua bara, al suo gran viaggio: son solo con questo pianto che niuno rasciuga, che niuno consola; son solo, con questo mio duro e aspro dolore; come la più abbandonata, la più misera creatura umana, io son solo con queste mie lacrime, le più antiche e le più segrete, che sgorgano e non sollevano il mio petto oppresso e non placano il male che mi trafigge! Diana, Diana, che profonda ammirazione e che profonda pietà, per voi, Anima grande, per voi che, come Ifigenia, andate al sacrifizio e non sospirate, e non gemete, sulla vostra giovinezza, sulla vostra beltà, voi, eroica come la vergine greca, eroica più di essa, poichè voi gittate la felicità di una intiera vita, per i vostri fratelli, per le vostre sorelle.... Ed essi non sanno tutto questo, ed essi non intendono come sanguini il cuore vostro e son contenti e sorridono, e ridono, che vi menano al sacrificio! Ma io solo vi comprendo, io solo so che sia di spaventoso, di terribile, questo dono intiero che voi fate, di voi, sposando un vecchio, uno straniero, esiliandovi dal vostro paese, andando lontana da quelli che amavate, con costui che non amate, che è un vecchio, un estraneo, uno straniero! O Diana, creatura di sublime bontà, io ho osato insultarvi, vilipendervi in una lettera che era un impotente grido di gelosia, un rauco grido di sdegno, ma voi avete tutto inteso, voi sapete che quella mia lettera, come le altre, più di tutte le altre, prese insieme, era una violenta lettera di amore, la lettera di un disperato che non sa uccidersi, di un morente che non può morire, la lettera di chi si vede strappato, brutalmente, l'amor suo e urla e clama.... Diana, mai vi ho tanto amata, come in quella orrenda lettera che se ha offeso mortalmente il vostro pudore verginale e la vostra dignità di donna, essa vi ha detto che solo una folle passione che mi ha travolto, in quell'ora tremenda, solo la vertigine dell'uomo che si sente mancar la vita, ha potuto guidar la mia mano incosciente! Diana, io era a Parigi, fra il tumulto e la indifferenza di quella città infernale e seducente, che non giungeva a vincere la mia immensa e tacita tristezza: quando ho saputo che vi rubavano al lontano amor mio e al mio sogno pur vivo nel mio cuore, che vi strappavano al vostro paese e alla vostra famiglia, io ho smarrito la vista e l'udito delle cose reali e il mio sangue è diventato piombo fuso, nelle mie vene, per una collera pazza contro il destino, per una gelosia ferocissima contro questo gelido vecchio che vi rapiva, via, alla mia adorazione e alla sempre viva speranza e allora le parole di orrore sono sfuggite alla mia anima, sono sfuggite alla mia penna, febbrilmente e non ho avuto pace sin che la mia sciaguratissima lettera non sia partita per l'Italia, fremente di tutto il mio spasimo.... Ma poche ore dopo, come in una mistica visione il vostro volto mi è riapparso, bianco come un petalo di rosa bianca, e i vostri cari occhi eran più oscuri e più tristi che mai, e come un fine nastro sanguigno, era la bocca vostra senza sorriso.... allora, allora, io ho sentito frangersi il mio cuore, nel mio petto, di tenerezza, di compassione, di rimorso e vi ho domandato perdono, prostrato dinanzi a voi, con l'anima riboccante di dolore, innanzi a voi, Ifigenia, Ifigenia, che rinunciate all'amore, che rinunciate alla gioia, che vi votate a un eterno sacrificio, voi vergine pura e voi madre dei vostri orfani fratelli, delle vostre orfane sorelle, voi che non conoscerete, mai, mai, nella vita, la soave carezza dell'amore e il bacio inebbriante della passione, o Ifigenia....

«Piango su voi, Diana: Dio vi dette un gran sangue e un gran nome, ma per peccati che vi sono estranei, che voi ignorate, egli punì i vostri e voi, affliggendovi con la povertà: Dio vi donò una beltà ammaliante e adornò la vostr'anima, rendendola fulgente come una gemma sacra, ma vi tolse vostro padre e vostra madre; Dio vi concesse una gioventù dolce e forte, insieme, ma vi affidò la sorte dei fratelli, delle sorelle, che a voi si volgono e voi chiamano e voi dovete condurli, nella vita, a un destino di bene e di gioia. Piango, su voi, Anima cara, perchè il vostro sangue e il vostro nome vi costringono a non diminuirvi, a non discendere; perchè, ahimè, la vostra beltà e la vostra virtù debbon diventare, per i vostri, la fortuna che è loro mancata; perchè la giovinezza vostra deve prendere il posto austero di coloro che sparvero, perchè, purtroppo, purtroppo, tutto di voi non è più vostro, è di casa Sforza, della grande casa Sforza, che languisce, che perisce, tutto di voi non vi appartiene, più, è dei giovani Sforza, è delle damigelle Sforza, che non possono, non debbono vivere nella mediocrità, nella oscurità, nella miseria.... Piango su voi, Diana, che di tutte le cose pure, alte, splendide onde siete ricca, nel vostro cuore e nella vostra persona, venustà, fascino, grazia, gioventù, voi dovete fare una offerta sovra un altare crudele, a quel Dio maledetto ed esecrato da tutte le anime nobili, a quel denaro che è la forma del Male e del Bene, sulla terra, ma per me, per voi, è solo il Male, tutto il Male! O mia Diana adorata, voi siete simile al giovinetto Giuseppe, della Bibbia, mercanteggiato e venduto dai fratelli....

«Piango su me.... Che sono io, mai, per voi, io, Paolo Ruffo, di Rieti, gentiluomo discendente da una casa antica assai, ma che è venuta perdendo, lentamente, la sua immensa ricchezza, la sua possanza sociale: una casa illustre che ha visto appannarsi il suo splendore, così, per ragioni misteriose e, forse, naturali; che è decaduta non sino alla povertà, non sino alla ristrettezza, ma a una agiatezza borghese: che era alleata a tutte le grandi famiglie del patriziato romano, e che, a poco a poco, ha celebrato nozze sempre meno importanti e i cui due ultimi discendenti, Lisa ed io, non avremo famiglia, forse, preferendo la solitudine e la fine del nostro nome, a nozze meschine o grossolane? Che sono io, mai, per voi, per chi vi circonda? Una nullità. Che sono io mai, per voi, col mio povero amore, non sostenuto dalla fortuna, dal fasto, col mio povero amore che ha tutto il suo vanto nella sua schiettezza, nella sua intensità e nella sua tenacia, che è profondo e ardente, questo amore e tutto ciò è vano, è inane, perchè è l'amore e nulla più? Che cosa può fare, a voi, questo mio inutile amore, se non turbare, forse, col suo cupo lamento, col suo grido di ambascia, la mesta serenità del vostro sacrificio, che cosa può mai servire, alla vostr'anima, questo amor solitario e palpitante, di cui voi sentite, costantemente, intorno a voi, la vibrazione e ciò forse pesa al vostro animo, ebbro di una completa rinuncia? Su questo povero, povero amore, io piango e su me stesso, su quest'uomo che ebbe una fortuna così dispari al suo nome e al suo posto, in società e che non seppe accrescerla col suo sforzo, col suo lavoro: uomo debole che non seppe rompere il cerchio delle sue consuetudini, in cui si è cullata e addormentata la sua volontà; uomo fiacco che non sentì la responsabilità della vita, che non seppe crearsi una carriera, una reputazione, una ricchezza, magari strappandola agli altri, con la violenza del suo desiderio e della sua cupidigia. Ah io avrò attraversato la vita pensando, sognando, cercando solo di evitar il male, ma incapace di fortemente fare il bene, io mi sarò sempre più abbandonato al sogno, dove si chetavano, tacevano, le mie nostalgie, i miei rimorsi, i miei rimpianti.... Sino a che una notte, una voce mi abbia risvegliato, dal mio sonno, ed abbia, a un tratto, esaltato tutte le mie facoltà, in un sentimento di me più forte, e mi abbia messo innanzi all'alto bisogno di esser un uomo, di agire, di vincere, di farmi amare da voi, Diana, di avervi per mia sposa, per mia signora, per mia compagna e per mia amica, tutta voi, per me, per tutta la vita.... e io non so far nulla, non posso far nulla, Diana, per combattere e strappare il grande premio della vittoria: io non ho nè energia, nè audacia: io non ho abbastanza denaro, sovra tutto, e non so guadagnarne e non so prenderlo agli altri, disonestamente: io non ho abbastanza denaro, per darvi una vita degna del vostro grado e della vostra beltà: io non ho abbastanza denaro, perchè voi possiate, mia sposa, rifare l'esistenza dei vostri, che, da voi, la sperano e l'attendono.... E piango, vedete, come un uomo imbelle che sono, piango invece di tentare un colpo audace che travolga, altrove, la corrente del destino, piango come una infelice creatura oppressa da una potenza ineluttabile; piango, invece di levarmi, di scuotermi, di ridere, di sghignazzare, su me stesso, sul mio folle amore, che nulla poteva sperare da Diana Sforza e che diventa ridicolo, grottesco diretto a colei che sarà *lady* Diana Montagu fra una settimana e partirà, con suo marito, e io non la vedrò più! Non so voler nulla; non voglio nulla; tutti hanno ragione, contro me; tutto è giusto, contro me, perchè io ho dimenticato di vivere, ho dimenticato di agire, io sono un miserabile a cui non restano, nell'ora più angosciosa della sua vita, che le vili lacrime di una femminetta del popolo.... vili lacrime brucianti.... vilissime lacrime....

«Paolo».

«Diana, volete fuggire con me? Volete voi abbattere, di un sol colpo, i veli bigi sempre più folti, che son saliti a cingervi, ad avvolgervi, a celarvi, per sempre, l'aspetto della felicità? Volete voi vivere e amare ed essere amata, come mai altra donna fu amata? Fuggite con me, Diana. Intorno a voi, che io non ho ancor riveduta, si sente il movimento delle vostre imminenti nozze e, ad ogni istante, io sobbalzo di angoscia e d'ira, per ogni nuovo indizio. Non importa! Fuggite con me, domani. Nella notte di domani, Diana! Fuggiamo via, lontani, lontanissimi, ai confini del mondo, in tale incommensurabile distanza, che non ci giunga mai più, sino alla nostra morte, notizia della nostra patria e delle nostre famiglie. Domani notte, insieme, Diana! Togliete dal dito l'anello che vi ha dato quel vecchio, quello straniero e buttatelo via, come se fosse il cerchio infranto della vostra prigionia: non guardate nè i gioielli smaglianti, nè le vesti nuziali, nè i doni squisiti: non guardate più nulla, dietro a voi, intorno a voi: guardate innanzi a voi, ove è l'amore, l'amore, Diana, l'amore che vi tende le braccia, per serrarvi e tenervi a sè, stretta sul cuore, per sempre. Diana, Diana, non rinnegate la vostr'anima e la vostra fede, dandovi a *sir* Randolph Montagu; non distruggete il vostro cuore e la vostra coscienza, non infrangete la coppa del bene, ove è la divina bevanda dell'amore: Diana, non rinunciate alla sola cosa nel mondo che ci fa più grandi di noi stessi, alla sola cosa che ci avvicina al cielo, alla sola cosa che slancia le anime e i sensi fuori del grossolano involucro terrestre, l'amore, Diana, l'amore, che è stato donato alle più umili, più semplici creature umane e voi sola, voi sola, dovreste rinunciarvi? Diana, fuggiamo, domani notte, insieme. Non voltatevi indietro. Agite da anima libera: agite da cuore libero: cercate la vostra vita, *dove essa è*. Non vi voltate, non vi voltate! Obbliate quello che foste, quello che siete: obbliate gli sterili doveri familiari: obbliate gli aridi obblighi sociali: obbliate tutti gli egoisti che vorrebbero far di voi la lor vittima: obbliate tutti costoro che sarebbero, domani, degli ingrati. La parola che avete data, la promessa che avete fatta, tutto dovete dimenticare. Senza voltarvi indietro, uscite da villa Melville e venite, via, con un uomo che vi ama, che v'invoca, che vi vuole, che *vi deve avere*, perchè voi gli foste destinata dal Signore, perchè tale è la Sua legge, perchè io vi amo, perchè io ho, su voi, il sacrosanto diritto dell'amore. Diana, non vi condannate, da voi stessa, alle pene dell'inferno, sulla terra: non dannate la vostr'anima: non sposate *sir* Randolph Montagu, non partite per l'Inghilterra, fuggite con me, che sono giovane, che sono forte, che vi adoro, che vi rapirò, via, in un roveto ardente di passione e voi nulla più saprete del tempo e dello spazio....

«Diana, domani notte, da mezzanotte in poi, tutta la notte, nella piccola via adiacente a villa Melville, un'automobile bruna vi attenderà, sino all'alba. Io sarò colà, ad aspettarvi, tutta la notte. Lasciate trascorrer la serata: salutate il vostro fidanzato e uditene il passo, nel giardino, quando andrà via: salutate *lady* Melville e aspettate che ella si sia ritirata e coricata e addormentata. Quando tutto sarà silenzio, in villa *Star*, mettete un mantello sulle vostre spalle, un velo sulla vostra testa e attraversate la villa, con passo cauto: scendete in giardino e aprite il piccolo cancello, nella via Sallustiana. Io sarò colà, nell'automobile. Partiremo subito; fuggiremo a una velocità fantastica: saremo al mare, a un porto d'imbarco, in poche ore, quando ancora, a villa Melville, non si saranno accorti della vostra fuga. E niuno ci ritroverà, mai più.... Diana, nessuno vi ama, intorno a voi: non i vostri fratelli e le vostre sorelle che vi vendono, per aver il prezzo della vostra persona: non *lady* Melville, che vi dà a quell'uomo orribile: non lui, quel gelido e cinico vecchio; nessuno, nessuno vi ama e io solo vi amo, io solo vi adoro, e vi aspetto domani notte, per portarvi via, nelle mie braccia. Diana, venite a colui che solo vi merita!

«Paolo Ruffo».

«Roma, venti giugno...

«Vi ho cercata, affannosamente, stamane dopo mezzodì, Diana, e non vi ho trovata, e non vi ho vista, mentre so che siete escita, stamane e dopo mezzodì, due volte, con *lady* Melville, con *sir* Montagu, e non vi ho incontrata, e non so dove siete andata, dove, dove? È per questa notte, Diana, che io vi aspetto, nella piccola via Sallustiana, all'angolo inferiore di villa *Star*, in un'automobile bruna, che sarà ferma, con lo *chauffeur* che fingerà di dormire.... È per questa notte, che voi dovete fuggire, con me, Diana, per non uccidere la vostr'anima e non deturpare il vostro corpo, sposando Montagu.... È per questa notte, che io vi attendo, che io vi attenderò, sino all'alba, che voi veniate a cadere, silenziosa e tremante, nelle mie braccia, sul mio petto forte, fido e fedele.... per questa notte, sino all'alba....

«Paolo».

«Stesso giorno...

«Diana, è già sera: fra poche ore saremo nel cuor della notte. Amore mio unico, io spasimo fra una divina speranza e una tremenda incertezza: fra poche ore, la mia vita e la mia morte saranno decise. L'uomo che vi ha portato, da ieri l'altro, le mie lettere, i miei biglietti, Vincenzo, il mio domestico, mi vede pallido e assorto e smarrito: nulla mi chiede, m'obbedisce, rapidamente, in silenzio: sa, ha compreso, sa che quest'ora è suprema: tace, mi guarda negli occhi, per servirmi meglio, più presto.... sa! Diana, ricordate: nella piccola via Sallustiana, all'angolo inferiore del giardino Melville: dovete fare dieci passi, uscendo dal cancello di servizio: Diana.... non so più che cosa dire.... non so più....

«Paolo».

«Ventuno giugno, mattina...

«Diana, vi ho attesa tutta la notte. Non siete venuta: non siete venuta! Sono rientrato in casa mia, mentre il sole sorgeva: e ho chiuso le imposte, ho fatto l'ombra profonda, il grande silenzio,

26

attorno a me e ho invocato il sonno, fratello della Morte, ed esso si è abbattuto, su me, pesantemente, atterrandomi. Non siete venuta. Forse, avete avuto paura: forse, non avete saputo escir di casa: forse, non avete trovato modo di aprirvi il passo, di schiuder le porte, senza rumore: forse.... Stanotte, Diana, vi aspetterò novellamente, da mezzanotte all'alba, allo stesso posto, Diana, pietà di voi, pietà di me!

«Paolo».

«Ventidue giugno, mattina...

«Nulla, nulla, nulla! Interminabile, angosciosa, folle, folle notte d'inutile attesa! Io sono un pazzo. Solo un pazzo può pensare, volere, agire come me. Da quando, mai, sono io un pazzo? Forse, da tre giorni solamente, in una febbre di amore e di dolore che mi brucia le vene, e in questo delirio febbrile, io pretendo che voi rompiate le vostre nozze con *sir* Montagu, che voi rinunciate alle sue ricchezze, al nome suo, a una grande posizione, da tre giorni, sono pazzo, pretendendo che vi disonoriate, per me, fuggendo meco, voi che non mi amate. Da tre giorni? Io, forse, sono pazzo da quella sera, a Parigi, in cui lessi che vi maritavate e nulla più intesi e seppi, di tutto quello che mi circondava.... Da allora, soltanto? O, forse, sì, senza forse, io sono pazzo da quella sera fatale in cui vi udii a cantare, per la prima volta. Ah Diana, io son pazzo e non posso vivere senza Euridice, e non voglio vivere senza Euridice! Diana, per la terza notte, per l'ultima, io vi aspetterò, nello stesso posto, alle medesime ore, nell'automobile: l'ultima notte. Se per l'alba Euridice non sarà venuta, se voi non venite a me, Diana, prima dell'alba, per fuggire meco, io, in quella via solitaria Sallustiana, all'angolo del giardino di villa *Star,* mi tiro un colpo di *revolver.*

«Paolo».

«Roma, ventitrè giugno...

«Alle quattro antimeridiane di questa notte, io ho guardato ancora il mio orologio, per la millesima volta: sono escito dall'automobile: il mio *chauffeur* si era addormentato pesantemente, dopo aver tanto vegliato: io ho camminato, un poco, avanti e indietro, nella deserta via Sallustiana. Ero tranquillo, indifferente, gelido nel sangue e nell'anima: guardavo il cielo, donde mi dovea venir il termine fissato. A un tratto, i lievissimi chiarori dell' alba, appena appena percettibili all' occhio umano, salienti dall'orizzonte, laggiù, verso Roma bassa, hanno armata la mia mano decisa e ferma. *Chi,* in quell'istante, mi ha chiamato nella mia vita interiore? *Qualcuno* mi ha chiamato: e io ho interrotto il mio gesto, intento, attento, se, di nuovo, la voce che non risuona alle orecchie mortali, ma che vibra nell'anima, ancora mi chiamasse. Ho levato gli occhi: e quello che non avevo mai visto, in tre lunghe notti di attesa, di ricerca, di spionaggio, attorno a villa *Star,* quello che non avevo mai, mai scorto, spiando nel grande giardino ombroso, spiando i veroni, i balconi e le finestre di villa *Star,* che, sempre, eran state chiuse e oscure, per tre notti, quello io ho scorto, nell'istante in cui doveva finire questa mia odiosa, questa mia esosa vita. A quel minuto ultimo, un balcone del secondo piano, sull'angolo di villa *Star,* sporgente su via Sallustiana, si era soffuso di un mite

27

chiarore, come per una lampada interna, non troppo lontana ma velata. Era alto, quel balcone: i cristalli ne eran chiusi: ma la luce interna, tenue, nelle ombre ancora folte della notte, si delineava precisamente. Il mio sguardo attirato da quella luce, con un'ansia misteriosa e crescente, il mio cuore che, quasi, non aveva più forza di palpitare, dopo tre notti di spasimo solitario, ha avuto come un sussulto di risurrezione: e io ho tremato, ho tremato come all'approssimazione di qualche grande cosa.... In quell'alone di luce, qualche cosa di più chiaro, di bianco, ma di più preciso, è apparso e si è venuto delineando, malgrado la lontananza: era la vostra alta e snella persona, vestita di bianco: era il vostro volto bianco: eravate voi, Diana, che mi siete così apparsa, che avete appoggiata la vostra fronte al cristallo nitido e che siete rimasta, così, qualche tempo, non so quanto tempo, innanzi al mio sguardo vinto e avvinto. Io non potea distinguere, se i vostri occhi fossero a me rivolti, se mi vedessero, mi guardassero: io non poteva distinguere la espressione del vostro viso: io era così lontano, voi così in alto, la notte era così oscura, la luce della vostra camera così fievole e il cristallo del balcone così scintillante: solo le linee del vostro caro volto, solo le linee della vostra cara persona, e, anche, soffuse nella luce interna, vaporose, sfumate, mi riempivano gli occhi e riempivano di voi tutti i miei sensi, tutte le mie fibre, tutto il mio animo sospeso e preso. Quanto, quanto tempo è durata questa penetrazione soave, dolce, forte, possente, che voi avete fatta, in me, da lontano, nella notte tragica, voi, fantasma vanente dietro un cristallo, in me uomo di nervi e di sangue e di carne? Come in un sogno, a un tratto, la visione vostra si è arretrata, è sparita: la luce si è fatta anche più fievole, come se si allontanasse: è sparita. L'alba era sorta: e io era salvo dalla morte, per voi.

«Diana, io, ora, so che non mi amate: ma so che avete avuto di me una irresistibile pietà. So, son certo, che non mi amate, perchè non siete stata scossa, turbata, vinta dal mio violento desiderio di passione, di ebbrezza, perchè voi avete resistito al torrente impetuoso del mio amore, che voleva travolgervi: ma so, son certo, che il mio delirio amoroso ha intenerito la vostra sensibilità: so che non mi amate, ma che credete nella forza del mio amore: so, dunque, che avete creduto alla mia volontà di morte e non avete voluto che io morissi. Diana, se ancora pochi minuti voi aveste tardato, quello che io avevo promesso, alla mia disperazione, era compiuto: ancora pochi minuti e le guardie notturne, rientrando, stanche e sonnacchiose, sarebbero inciampate, nella fredda luce mattinale, in un cadavere, là, in terra, giacente poco lontano dal giardino di villa *Star* e il mio *chauffeur* risvegliato, smarrito, nulla avrebbe saputo dir loro. Ma i minuti estremi non eran trascorsi e come se li aveste contati, uno per uno, voi, lontana, voi, distante, voi, estranea, voi che non mi amate e che non mi conoscete, voi che non mi parlerete mai e la cui mano non si stenderà mai a toccare la mia voi siete comparsa, quando la Morte era già dietro la mia spalla e stendeva la mano su me: e voi avete distolta *quella mano*, solo comparendo dietro un cristallo, con la vostra fronte pensosa, di cui io ignoro il pensiero, coi vostri occhi tristi di cui non so il segreto, con la vostra bocca serrata di cui non vedrò, forse, mai il sorriso. Voi non mi amate: ma, voi, per pietà di una povera creatura umana, giunta, spinta, sospinta dalla sua volontà tragica, al passo estremo, voi, solo per compassione, avete vinto la morte. Io sono salvo: io sono vivo: io vi amo: ma la mia profonda commozione, per voi, è tutta fatta di una incomparabile tristezza.

«Diana, la vostra bontà è un prezioso tesoro, una delle tante gemme smaglianti di cui si abbellisce la vostr'anima. È a questa bontà che io debbo di respirare ancora, di vedere il sole, di pensare, di vivere: solo a questa bontà. Per essa, voi avete obbliato che questi giorni sono gli ultimi della vostra esistenza incerta, penosa, povera e che, fra due giorni — due giorni, due! — tutta la vostra sorte sarà mutata; per essa, Diana, voi avete scordato le feste che già vi circondavano, le grandi feste che vi si preparano; per questa bontà, voi avete dimenticato che, di un colpo solo, la Fortuna vi mette in cima a ogni più alto desiderio realizzato. E avete vegliato, una intiera notte, voi, Diana Sforza, la fidanzata di *sir* Randolph Montagu, la sua sposa di domani — dopodomani! — avete vegliato per Paolo Ruffo, il vostro folle innamorato, uno sconosciuto, un passante; avete vegliato per colui che soffriva, che soffocava le sue grida e i suoi gemiti da tre notti, che agonizzava, nella terza notte, laggiù, nell'ombra, nella solitudine, serrando i denti, serrando i pugni, in fondo alla sua automobile: voi, Diana, stella mattutina, vergine purissima, avete vegliato, non nella veglia della fidanzata felice e tremante di speranza, ma nella veglia di *chi sa* che, di ora in ora, la Morte si appressa a qualcuno, vicino. Avete vegliato, perchè Paolo Ruffo, che non vi è niente, che non vi sarà mai niente, non morisse: per esso, voi avete tenuto l'occhio sulla sfera dell'orologio e vi siete levata, e siete apparsa, e avete guardato, nella via, cercando l'ombra nell'ombra e apparendo, solamente, avete riannodato il filo della mia vita. Per la bontà vostra, io vivo.... Ah Diana, Diana, che grande cosa è la bontà: ma essa è nulla, nulla, nulla per l'amore!

«Io tremo di emozione, benedicendovi: io ricorderò sempre la grande veglia, in cui la pietà vi ha tenuta desta e vigile, vi ha dato il modo di compire un miracolo, solo con la vostra presenza di fantasma, con la vostra presenza aerea: ricorderò, sempre! Ma nulla eguaglia, in questo giorno, la mia tristezza. Voi avete spezzata la mia volontà di morte: e di questa misera vita, senza voi, io non so che fare: e di me, misero, senza voi, io non so che accadrà. Siate sempre esaltata, o creatura di ogni bontà: ma io non posso più morire e senza Euridice non posso vivere....

«Paolo Ruffo».

«*Roma, ventiquattro giugno...*

«Dice il mendicante, sulla via pubblica, fra un piccolo gruppo di curiosi, che aspetta l'uscita degli sposi dall'Ambasciata inglese e anche il mendicante che è lì, da due ore, seguita ad aspettare e pensa e più che pensare, conta, misura, calcola, dice questo smorto e tacito mendicante, che supputa delle cifre, nella sua mente, fissa in un sol pensiero: «Quanto può valere la veste di crespo roseo, coperta da una tunica di prezioso merletto bianco e stretta alla persona da un gallone orientale, d'oro e di argento, questa veste squisita e sontuosa con cui, ora, poc'anzi, donna Diana Sforza, è entrata, nell'Ambasciata inglese, per isposare, civilmente, *sir* Randolph Montagu e ne verrà fuori al suo braccio, fra poco, forse, diventata *lady* Diana Montagu? Quella veste non può costare meno di mille lire. E quel filo di perle che donna Diana Sforza aveva al collo, un sol filo di grosse perle, stretto sul soggolo di velo bianco che le covriva il petto e il collo e dietro, mi pare, fermato da una fibbia rotonda, uno smeraldo circondato di brillanti? Quel filo non può valere meno di otto o diecimila lire, insieme al fermaglio. E gli orecchini di smeraldi, circondati di brillanti, così larghi che parea facessero curvare il bel viso, per il loro peso, quelli non possono costare meno di cinquemila lire. E ho visto luccicare, anche, sui guanti bianchi dei braccialetti carichi di gemme preziose, come luccicava, anche, il pomo dell'ombrellino di merletto bianco, quell'ombrellino che ella, nella carrozza, teneva un po'abbassato, un po' troppo abbassato, per non farsi scorgere dalla gente, in via Venti Settembre.... Tutto ciò, braccialetti scintillanti, pomo d'ombrello luccicante, doveva valere, almeno, due o tremila lire. Chi sa quali anelli mirabili, per le pietre preziose, per la fattura, adornavano le mani di donna Diana Sforza: ma ella aveva i guanti e io non li ho visti gli anelli e non posso valutare quanto costassero....Ora, lassù, per firmare l'atto nuziale, con cui ella diventa *lady* Montagu, donna Diana toglierà i suoi guanti e mostrerà le sue candide mani, su cui, forse, si aggravano gli anelli più ricchi di pietre mirabili. Chi sa se il suo volto non sia anche più bianco delle sue mani, mentre si curva, lassù, nel salone dell' Ambasciata, a firmare: ella aveva un volto così bianco, così trasparente nella sua bianchezza, come non ho visto mai, mentre entrava nel vestibolo dell'Ambasciata, e io, da mendicante ostinato e audace, ero giunto fin quasi allo scalone, per vederla meglio! Non ho visto i suoi occhi, nascosti sotto l'alterigia delle sue palpebre socchiuse: ho visto, solo, l'oriente lucido delle sue perle magnifiche e il raggio verde degli immensi smeraldi, alle sue piccole orecchie: quindicimila o ventimila lire, tutto insieme.

«— Le due sorelle di donna Diana — seguita a dire, il mendicante, che è stato ricacciato nella via Venti Settembre, cortesemente ma fermamente, dal portinaio dell'Ambasciata inglese — sono

29

molto vezzose: una, Oliva Sforza, ventenne, pare, è una bruna dal viso d'un avorio vivo, colorito di salute e di giovinezza: l'altra, Anna, che avrà forse quindici anni, è una bionda dai capelli che vanno al rosso, dalla carnagione lattea, dagli occhi sinceramente azzurri: ambedue hanno quella perfetta distinzione di linee, di attitudini, di gesti, della loro antica razza, del loro bel sangue. Le loro *toilettes*, uguali, poichè esse erano, all'uso inglese, le damigelle di onore della loro sorella, erano in crespo bianco, molle, con ricami fini in argento: sulle loro teste giovanili eran posati dei grandi cappelli, coverti di leggere, volitanti piume bianche: avevano dei *sautoirs* di oro e perle sul petto e delle sciarpe di crespo, che si gonfiavano, come ali, sulle loro persone. Questi due vestiti, certo, non potevano costare, coi cappelli, coi gioielli, con gli ombrellini, meno di cinquecento lire ognuno: e pare, cioè, non pare, è certo, che sono un dono dello sposo, *sir* Randolph Montagu, alle sue giovani cognatine. I due fratelli di donna Diana, Fabio e Piero Sforza, erano, anche, nel corteo: uno ha diciassette anni, l'altro tredici. Molto graziosi, molto seri, ambedue: ed elegantissimi, poi! La madrina della sposa, *lady* Roselyne Melville a cui dava il braccio lo sposo, *sir* Montagu, era maestosa, nella sua veste sontuosa di broccato violetto: portava, addosso, un centomila lire di gioielli, come han detto, nel cortile dell'Ambasciata, gli astanti, che la conoscevano, che lo sapevano: dopo, il mendicante è stato pregato di uscir fuori e nulla ha potuto udire, più. Però, prima di esser messo gentilmente alla porta, come meritava, in fondo, perchè un mendicante non ha nulla da fare, in un corteo di sposi immensamente ricchi, fra la sposa, le sorelle, la madrina, cariche di gemme singolari, in un lusso possente e innumerevole, questo mendicante ha potuto squadrare e non brevemente lo sposo. Era di una suprema eleganza inglese, *sir* Randolph Montagu: indossava un costume *bleu* scurissimo, e la sua *redingote* dal taglio perfetto, aveva i bottoni di oro: il suo panciotto era bianchissimo: la sua cravatta era di un raso grigio argento, legata e annodata artisticamente, con una grossa perla nera, come spillo: i suoi guanti erano di un giallo pallido, opaco. Così pare ci si sposi nel *peerage* d'Inghilterra. Il suo volto era più rigido, più pietrificato che mai: i suoi occhi di un colore metallico azzurrino, erano freddi e fieri: i suoi gesti rari e composti. Egli ha cinquantasei anni: ma, poc'anzi, in quella penombra del cortile ne mostrava sessanta, giusto trentacinque anni più della sua sposa. E il mendicante seguita, seguita a calcolare, nella via, dove già la gente si dirada, dove egli rimane solo, ad aspettare, perchè è un mendicante tenacissimo e audacissimo, ad aspettare che *lady* Montagu infine riappaia....

«Quando riapparirà, *lady* Montagu, non solo ella non sarà più la signorina Diana Sforza, ma ella non sarà più povera. *Sir* Randolph Montagu ha centocinquantamila lire di rendita e questa sua gran fortuna gli farà fare dei passi anche più rapidi, in diplomazia: fra pochissimi anni sarà ambasciatore e, quindi, ambasciatrice *lady* Montagu. Egli possiede, in Inghilterra, un castello, nel Sussex, Montagu Castle: egli possiede una vasta casa di campagna Springfield Court, presso Chelmsford; egli ha terre, boschi, stagni, mulini: egli ha una collezione rarissima di stampe; egli ha cavalli e cani magnifici, laggiù, nel suo paese. Naturalmente, quando è in Roma e a Berlino, per il suo ufficio diplomatico, il suo lusso è quello di un ricco straniero in viaggio: in Inghilterra assume quell'aspetto impressionante delle grandi case di laggiù. In quest'ora, dunque, la fidanzata nobilissima, bellissima e poverissima, Diana Sforza, detta Euridice dal mendicante, nel suo accesso di frenesia amorosa, diventa una grande dama straniera, con una rendita grandissima, che è di suo marito, è vero, ma di cui ella dispone, per una forte parte, liberamente, per sè, per i suoi, senza doverne dar conto: tanto ella deve alla magnificenza signorile del suo sposo. Quando ella sarà in Inghilterra, volta a volta, una sua sorella, un suo fratello, saranno suoi ospiti; chi sa che, in queste dimore, costoro non trovino da appoggiare anche più fermamente la loro vita personale. Gli inglesi sono amici e protettori impareggiabili, quando diventano amici e protettori. La casa Sforza, di Perugia, che era perduta, ritorna al suo antico splendore: Oliva e Anna Sforza, Fabio e Piero Sforza sono, di nuovo, dei signori, oltre il loro nome e oltre il loro sangue.... Quanto è mortalmente pallida questa sposa, nella sua veste troppo rosea per il suo pallore, mentre discende lo scalone dell'Ambasciata, maritata, ormai, al braccio di suo marito, *sir* Montagu! Gli sposi discendono con lentezza, avanti a tutti gli altri: *lady* Montagu appena appoggia la sua mano sinistra, nuda del guanto, sul braccio di *sir* Montagu: questa mano è meno pallida del suo viso, sotto il suo cappello piumato di tenui piume rosee: e i due non si guardano, non si parlano.... Vede, vede tutto, il mendicante dalle guance roventi per tutto il suo sangue, che è, in un fiotto, salito al suo cervello, il mendicante dagli occhi ardenti come bracia: *lady* Diana lascia pendere la mano destra lungo il suo vestito e il fascio di fiori d'arancio pende, quasi cade dalle dita che appena lo rattengono: un ramoscello di fior d'arancio è all'occhiello di *sir* Randolph Montagu.... Egli è il marito, il signore, il padrone di Diana Sforza. Vorrebbe, vorrebbe gridare, gridare altamente, clamorosamente, il pazzo mendicante, gridare *Euridice,* con un urlo che rintroni sino al cielo e faccia volgere il viso alla pallida e tacita sposa. Ma niuna voce esce dalle labbra del mendicante: ma la pallida sposa non trasalisce, non si volge, non si vuole volgere. Ella sa, sa che il mendicante è lì: ma ella non può fargli, oramai, più nessuna elemosina....

«E vada sulla sua via larga e luminosa, la bellissima sposa, il cui volto è pallido come per morte, i cui occhi nulla voglion guardare, le cui labbra non sanno più schiudersi al riso; vada sulla sua via, ove troverà i più delicati piaceri, i più vibranti godimenti, le gioie più squisite, che la consolino del suo cuore gelido, della sua anima gelida, della sua vita senza amore: vada e goda e dimentichi e si esalti nelle feste della vanità e dell'ambizione; e dimentichi il mendicante che ella lascia, confitto a un angolo di via, misero, derelitto, senza più coraggio di morire, senza più coraggio di vivere. Dimentichi *lady* Montagu, la superba dama straniera, quando sotto la piccola corona scintillante, sotto le tre piume bianche, ella si siederà, a Corte, sovra uno sgabello, accanto ai re che discendono dai Plantageneti e le parrà di esser al fastigio della sua fortuna, dimentichi che quando ella era solo Diana Sforza, ed era bella ed era povera e così appassionatamente cantava, in una notte di primavera, un uomo le dette la sua anima e il suo sangue, così, per amore.... dimentichi il mendico, Paolo Ruffo. Come Issione, costui, folle, ha cinto con le sue braccia una nuvola, credendola una forma umana, credendola una donna, e la nuvola è svanita e le braccia stanche d'Issione ricadono, vuote, ed è vuoto il suo cuore e tutto è vuoto, intorno a lui. Vada, vada, si allontani, sparisca la pallidissima sposa, senza voltarsi indietro, senza volersi voltare, preferendo obbliare, obbliare presto, obbliare subito che, nella folla, nell'ombra, nel silenzio, rimane colui che seppe solo amarla: vada, sparisca come ha fatto, un'ora fa, sparisca per sempre dalla esistenza di questo miserissimo. Nessuno sa bene se Euridice, che cedette all'appello di Plutone, avesse mai amato Orfeo, che tanto l'amava: nessuno sa bene se, forse, ella non preferisse il bruciante Inferno e il suo Re rosso, e le ricchezze fantasiose sotterranee, al poeta tenero e profondo, al paesaggio idilliaco di Grecia. Ella si volse indietro, Euridice: e restò con Plutone. Nessuno lo sa, se ella avesse mai amato Orfeo. Io lo so: Euridice non amava Orfeo. E il resto è silenzio.

«Paolo Ruffo».

«Roma, ventisei giugno...

«Le mie energie sentimentali fiaccate, le mie forze morali vinte, i miei sensi smarriti non mi hanno permesso, o Creatura del mio sogno, o Signora della mia vita, di assistere alle vostre nozze religiose. L'uomo è un povero essere caduco: talvolta, in un furore di amore o di odio, egli si sorpassa: ma, subito, paga lo scotto della sua superbia fugace. La settimana di passione che io ho trascorsa, in una febbre che ha bruciato il mio sangue, questa settimana in cui ho creduto toccare la felicità suprema, portandovi via, meco, per sempre e in cui, invece, ho sfiorato, con la mia, la mano della Morte, questa settimana alta e terribile, in cui amandovi come giammai, più, nessun uomo vi amerà, nel mondo, come cento uomini presi insieme non saprebbero amarvi, vi ho perduta, sotto i miei occhi, vi ho perduta, dai miei occhi, questa settimana ha devastata tutta la mia esistenza. Io

31

sapeva, ieri, sapeva che stamane e oggi, due volte, voi vi sareste unita, religiosamente, a *sir* Randolph Montagu, la prima volta per lui, che è anglicano, che resta anglicano, nella chiesa inglese di via Nazionale, e la seconda volta, più tardi, per voi, che siete cattolica, che restate cattolica, in Santa Maria Maggiore, nella nostra grande basilica. Tutto sapevo: ma non ho avuto stamane, nè la forza fisica nè il coraggio morale di sollevarmi dal canapè, ove ero gittato, sfinito, per ore e ore, solo, chiuso nella mia camera, in penombra, senza dormire, senza sognare, senza pensare, immerso in un mare senza fondo di tristezza, senza lacrime, senza singulti, senza gemiti. Sapevo che l'ora pesante sul mio capo e pure fuggente, vi toglieva a me, per sempre, sapevo che l'ora di questo fatal giorno, il secondo, faceva sparire Diana Sforza dalla mia vita, l'allontanava, per sempre, da ogni mia speranza e da ogni mio desiderio: ma non avevo più nè slancio amoroso nè soffio di volontà, che mi spingessero verso la maestosa basilica, a scorgervi, nelle vostre vesti candide, sotto il vostro velo bianco, inginocchiata dinanzi all'altare, stendente la mano nuda all'anello nuziale. Nel mio stupore doloroso, spente tutte le mie facoltà, ho appena potuto, a tratti, immaginare la scena mistica, per cui Iddio istesso, nella sua misteriosa volontà, vi toglieva a me: e tutto si confondeva nella debolezza della mia mente esausta. E tutto era inutile, anche: tutto era inutile, persino il mio dolore solingo, deserto, inconsolato: tutto era inutile, anche il mio folle amore: e voi, ieri, nel vestibolo dell'Ambasciata inglese, passando al braccio di vostro marito, come un fantasma, con occhi senza sguardo, non volgendovi a me, non volendo volgervi, volendo cominciare, con quei passi, una via infinita e da me lontana, senza salutarmi, senza conoscermi, mi avevate detto che tutto era inutile, in me, l'amore, la passione, il dolore, la disperazione. Perchè amare, perchè soffrire, perchè spasimare? Io non sono venuto in chiesa, per soffrir solo, per spasimar solo, finchè si consumasse la mia vita o il mio dolore....

«Ma l'aereo appello che sembra una voce del cielo, ma l'appello interiore che pare venga da una voce profonda, senza parole, che mi fa trasalire, ogni volta, sino alla radice della mia anima, ha, a un tratto, scosso la mia debolezza mortale, mi ha tolto al silenzio e all'ombra della mia camera deserta, della mia casa deserta e mi ha spinto e sospinto nella via, un'ora fa. Come un trasognato, ma in preda a una suggestione invincibile, io mi sono avvicinato alla grande automobile da viaggio che era ferma, innanzi al cancello aperto di villa Melville. Lo *chauffeur* e un domestico aggiustavano delle borse da viaggio e degli scialli, da uno sportello aperto: all'altro sportello, eravate ferma, voi, in piedi, tutta chiusa in un ampio mantello da viaggio, leggero, di un grigio plumbeo: sul vostro capo una tocca di velluto nero, serrata da un velo di merletto bianco, ad arabeschi. Eravate sola, attendendo, con le mani guantate di bianco, appoggiate sul vostro ombrellino da viaggio: eravate sola e avevate la persona volta verso me, che mi avanzavo. E, allora, mi avete guardato, a lungo, come io vi ho guardato, a lungo, immobile, io, a pochi passi: e ho visto quello che non dimenticherò mai, nella mia vita, che rivedrò, nell'ora della mia morte e morrò tranquillo. Nei vostri occhi fieri e tristi, due grandi lacrime sono apparse, hanno coverto il vostro sguardo che mi fissava, sono sgorgate, si sono sciolte sulle vostre guance delicate e il vostro velo se ne è imbevuto e si è attaccato alla vostra pelle. Avete pianto, Diana, guardandomi: pianto così, semplicemente, lealmente, nobilmente, non celando le vostre lacrime, lasciandole scorrere, due grandi lacrime, non asciugandole, lasciando che bagnassero il vostro viso. Io volea gittarmi ai piedi vostri, nella via, per baciar l'orlo del vostro vestito: ma vostro marito, vestito da viaggio, è giunto, dalla villa Melville, più rigido e più glaciale che mai. Avete volto il capo e il viso, ove si eran disseccate le lacrime e siete partita, con lui, senza più. Che importa? Avete pianto, Diana: sulla vostra gioventù, sulla vostra bellezza, sul vostro esilio, sul vostro sacrificio, avete pianto: sopra ogni cosa cara, la patria, la famiglia, l'amore, avete pianto. E solo quando mi avete scorto, infine, sono ascese dal cuore agli occhi vostri, e sono sgorgate, le due grandi lacrime; come se io solo fossi degno di vedere il vostro dolore, come se io solo potessi intenderlo e compatirlo, come se io solo, di lontano, in silenzio, potessi pianger con voi. Diana, non posso dimenticarvi: Diana, non posso non amarvi: Diana, vi amerò tutta la vita. Voi avete pianto!

«Paolo Ruffo».

Parte Seconda.

Love's Pilgrim

(Pellegrino d'amore)

«Roma, trenta giugno...

«Caprarola, Caprarola! Cinquanta chilometri dividono Roma da codesto storico castello di Casa Farnese, sulla via di Viterbo, ove voi passate i primissimi giorni della vostra luna di miele, o *lady* Montagu: e in un'ora di automobile, volando sulla via fra la gran campagna romana, io potrei raggiungervi, cercarvi, aspettarvi e, forse, forse, vedervi, o sposa novella: e intanto io son confitto, qui, immobile e fremente, come se gli oceani ci dividessero; e intanto io son condannato, qui, a una furente solitudine, in cui tendo le braccia al cielo, imprecando sulla mia sorte, ahi, vanamente; e intanto io son dannato, qui, a rodermi di collera, a piangere di collera, gridando verso voi, chiamando cento volte il vostro nome, *quello di una volta,* gridando verso codesto castello che vi tiene, che vi serra, Caprarola, Caprarola! Come è, dove è, che è questo antico castello dove *egli* vi ha portata, via, per quanti giorni, per un mese, non so, non so? È la dimora, da tre anni, del grande pittore inglese Temperley, *suo* amico, non è vero, una casa che Temperley non abita più, da un anno, e che gli ha ceduta, in atto di ospitalità, per qualche giorno, per quanti giorni, per un mese, o per quanto tempo, Dio mio, Dio mio? Caprarola, nome fantastico, nome terribile, che balza nella mia mente, che sobbalza nella mia anima, e che ha acceso il mio sangue di un fuoco inestinguibile, Caprarola, come è, questo castello tetro, forse, questo castello tragico, forse, dove qualcuno deve esser morto orrendamente, dove qualche tenera donna deve essere stata sgozzata, nei tempi antichi, dove qualche spaventoso delitto deve aver macchiato di sangue qualche sua camera, dove le urla di un morente debbono, per sempre, aver turbato gli echi dei suoi saloni principeschi: Caprarola, nome di morte, per me, mentre bruciano le mie vene, per il flutto del sangue troppo caldo che pulsa al mio cuore, che pulsa al mio cervello.... Caprarola, come è, come è, ditelo, o *lady* Montagu, ditelo, o sposa novella, come è questo nido singolare delle vostre nozze, come è la stanza delle vostre nozze.... Maledetto, in eterno, questo nome, questo castello, maledetta, in eterno, questa stanza e le sue nozze: e in eterno, maledetto il mio amore e la pazza gelosia che mi tortura le viscere, la pazza gelosia che, d'un tratto, ha scatenato i miei sensi, che torce i miei nervi, pensando che voi, costà, *lady* Montagu.... costà.... maledetto il primo uomo che baciò sulla bocca la prima donna e tutta l'umanità poi ne fu avvelenata....

«....se io venissi, costà, che accadrebbe? Che potrebbe accadere? Io sarei, forse, subito scoverto da *costui* che io odio, che io detesto, che io maledico, con tutte le mie forze. Egli mi conosce. Io son certo che egli mi conosce. Troppe volte io ho stretto i cerchi della mia passione, attorno a voi, perchè egli non ne sappia qualche cosa: troppe volte egli mi ha scorto, nella via, fermo, aspettandovi, perchè io sia, per lui, un semplice passante; troppe lettere io vi ho scritto, perchè, almeno, egli non ne abbia visto giungere, una, due, varie, forse, nelle vostre mani. Randolph Montagu mi conosce. È inglese, è riservato, è diplomatico, è superbo: non ha mai dato segno di accorgersi di me. E, allora, anche, era un fidanzato, non aveva nessun diritto legale, di riconoscermi, di affrontarmi, di allontanarmi violentemente. Ora.... è un marito, ha tutti i diritti, può uccidermi, può uccidervi, mentre noi non siamo amanti, mentre voi non mi amate, mentre voi siete pura e io son disperato per amor vostro, e io muoio di gelosia per questo vecchio, per questo infame vecchio che vi possiede, che possiede la vostra giovinezza, la vostra bellezza. Se venissi a Caprarola, se egli m'incontrasse, in quei dintorni, forse, verrebbe a me, per insultarmi e per uccidermi. Se io partissi, fra un'ora, in automobile e mi fermassi sotto le vostre finestre, a Caprarola, per provocarlo, quest'uomo, per provocarlo a sangue, per fargli credere che noi siamo d'accordo, che voi siete una perfida creatura, che voi siete impura, egli, certo, certo, furibondo, mi ucciderebbe. Che immenso favore, mi farebbe, *sir* Montagu! Ma la vostra anima sarebbe offesa da un incancellabile sospetto: e la vostra veste nuziale sarebbe macchiata di sangue. Non posso farmi uccidere da *sir* Randolph. Non debbo venire a Caprarola, dove voi passate i maggiori giorni di ebbrezza delle vostre nozze, cara sposa. Siete voi ebbra di amore? Delirate voi? Ah che io sento la febbre del delitto velar di sangue i miei occhi e io penso che se v'incontrassi, oggi, in questo momento, io potrei uccidervi, *lady* Diana! Uccidervi, sì: uccidere codesto magnifico corpo di beltà e di gioventù, uccidere perchè egli non vi abbia più, perchè egli non vi tenga più, perchè egli non s'inebrii più di voi, dei vostri baci, delle vostre carezze.... Ah che lui solo, lui solamente dovrebbe morire, egli solo, il colpevole, il ladro, l'assassino, *sir* Montagu.... se morisse, se morisse, per un accidente, per una disgrazia, se lo uccidessero, che gioia, che folle gioia, *lady* Diana, perchè io correrei a prendervi, a rapirvi, a sposarvi, a farvi mia, mia, tutta mia, non più sua, mia, mia....

«.... potrebbe, forse, egli, non vedermi, se io venissi costà? Se sapessi esser cauto, se codesto paese si prestasse — ma vi è un paese, intorno a Caprarola? Io non so, non so! — a nascondermi, se potessi prima farvi giungere questa mia lettera, o un biglietto qualsiasi, avvertendovi della mia segreta presenza, intorno a voi, se potessi riescire, in questo piano astutissimo, con mille precauzioni, io vi vedrei, forse. Diana, io potrei rivedervi, Diana, io che spasimo da quattro giorni, di amore, di gelosia, io vi vedrei, io mi disseterei alla vostra vista, io calmerei questo fuoco del mio sangue, io ritroverei qualche istante di calma, di serenità, di estasi, Diana, se vi vedessi, se uno sguardo vostro mi giungesse, come l'ultimo, quello velato di lacrime, l'ultimo che franse nell'amore il mio cuore, l'ultimo che franse nell'amore la mia volontà ed io tornai ad amarvi, ad adorarvi, perchè avevate pianto! Se venissi, se venissi a Caprarola, amor mio unico? Io muoio, perchè voi siete di un altro, Diana.... Ma voi siete di un altro, e io non so come inviarvi questa mia lettera, o qualsiasi altra mia missiva; voi siete di un altro e io non debbo dirigervi lettere, che *egli* ha il diritto d'intercettare, il diritto di aprire; voi siete di un altro e non sapreste, neanche, della mia presenza, costà, o sapendola, dovreste finger d'ignorarla; voi siete di un altro e qualunque mio appello vi troverebbe sorda, indifferente, tacita e immota.... Ah oggi, oggi, se venissi a Caprarola, io non vedrei, più, i brevi segni, ma i profondi segni, per cui seppi, *allora*, che conoscevate il mio amore, io non udrei nè la vostra voce cantante, nella notte, le note di Gluck e di Pergolesi, non vedrei più la vostra persona ricinta di una fascia nera, non vedrei più i vostri occhi lentamente volgersi per cercarmi, per trovarmi, per riconoscermi, come allora, io non vi vedrei più piangere, come l'ultimo giorno della vostra libertà. Perchè venire costà, a Caprarola, *lady* Montagu? Voi non siete mia: voi siete sua. Tutte le forze della terra e del cielo, tutte le volontà divine e umane, non potrebbero più cancellare questa cosa che mi fa spasimare d'ira, che mi fa ruggire di collera impotente, cioè che voi non siate mia e siate sua, *lady* Montagu!

«Paolo».

«Roma, quattro luglio...

«Chi può darmi soccorso? Mia sorella Lisa non sa la mia ventura nel quieto paese di Rieti, ove trascorre questo principio di estate, nella quieta casa patrizia, ove nostra zia Altemps l'accoglie così dolcemente, ogni anno e ove, insieme, fanno opere di bene, pregano, vivono una serena e pia vita, in cui si compiace l'anima profonda e tenera di Lisa. Non sa, non sa la mia ventura, la cara

35

sorella: le ho tutto nascosto e sa che io son tornato, qui, per un affare noioso intricato e che ripartirò, subito, per la Svizzera, per l'Inghilterra, non sa che io son solo e infermo nel cuore e infermo nella mente, qui, in Roma.... Chi può soccorrermi? La villa *Star*, qui accanto, la casa dell'amor mio è tutta chiusa, balconi, finestre, verande, tutto chiuso, tutto sbarrato: vi ho girato, intorno, in questi giorni, tante volte, tacitamente e disperatamente, e, infine, ieri, ho osato bussare al cancello in via Boncompagni. Non mi hanno risposto: e, allora, sempre muto e disperato, sono andato a bussare dall'altra parte, in via Sallustiana; un uomo, un custode è escito dalla casetta dei domestici, che è nascosta fra gli alberi ed è venuto a parlarmi, a traverso le lance del cancello, senz'aprire. Con freddezza, ma educatamente, questo servo che è inglese ma che parla l'italiano, mi ha detto che *lady* Roselyne Melville è partita, subito dopo il matrimonio della sua figlioccia e che è in Inghilterra, ora, a Mardock Lodge, nel Worcerstershire, che vi rimarrà sino al mese di ottobre. Niente altro. Tutto ciò è il risultato di otto o dieci mie domande, in cui ho cercato di vincere la mia ansia, il mio affanno, in cui ho dissimulato, sotto le disinvolte apparenze di un interrogatorio mondano, la mia mortale angoscia. Invano, malgrado la mia sottile astuzia — sono stato anche astuto! — ho cercato saper notizie degli sposi, dove andassero, *dopo Caprarola,* se s'incontrassero, *dopo Caprarola,* in Inghilterra, con *lady* Melville. Il volto del domestico inglese è diventato di pietra e non ho potuto aver dalla sua bocca nessuna risposta. «Non sapeva.... non poteva dirmi.... ignorava perfettamente....». E me ne sono andato, con l'aria indifferente, tranquilla, del perfetto mondano, mentre il cuor mio era morso dal mio spasimo e la mia anima batteva, batteva, come un uccello morente e mai morente. Chi, chi poteva soccorrermi? Sono andato a casa della marchesa Pia Sergianni, la compatriotta di *lady* Montagu che era di Perugia, che era Diana Sforza: non mi conosce, la marchesa: non sa: ma avrei trovato un modo, una forma, un pretesto, una menzogna, per presentarmi, per parlarle, per sapere.... per avere un soccorso, un soccorso! La marchesa Pia Sergianni era partita, due giorni prima, per Salsomaggiore, a una cura di acque e, dopo, si sarebbe recata a Vallombrosa, non tornando a Roma che alla fine di settembre. E nelle vie di Roma, già arroventate dal sole di estate, già polverose e già quasi vuote, già come abbandonate, con quell'aspetto nobile e triste di Roma estiva, io son rimasto solo, solo, solo col mio spasimo.... È uno spasimo e non una pena, e chiama soccorso: è uno spasimo, non una pena lenta e molle, è uno spasimo, cioè qualche cosa di così acutamente doloroso, che io debbo, debbo esser soccorso....».

«Roma, cinque luglio...

«Potenza del dolore, miracolosa potenza! Quando esso mi avea sospinto, ovunque, in Roma, io potessi aver notizie di *lady* Montagu e ovunque un'amara delusione mi avea atteso, quando io rinfacciavo crudelmente, a me stesso, la mia viltà, che m'impediva di andar a Caprarola, al tragico castello farnesiano, ove *lady* Montagu, per un singolar gusto di arte e di poesia, era stata condotta da *sir* Montagu, ai primissimi giorni di nozze, quando io dicevo, violentemente, a me stesso, che era meglio tutto affrontare, tutto il male più orrendo, pur di avere il supremo bene di rivedere *lady* Montagu, la mia persona ha obbedito a una spinta ignota, estranea; certo, alla mia volontà e in cui io riconosco, ancora e sempre, la potenza misteriosa dell'amore, la potenza misteriosa del dolore; la mia persona ha portato i suoi passi erranti verso quella via Venti Settembre che ha, in fondo, a destra, l'Ambasciata inglese. Due o tre volte, veramente, in due o tre giorni, io avevo vagabondato in quella chiara via che confinava, un tempo, con la campagna silente romana e, ora, conduce a una novella città: e cresceva, di giorno in giorno, intorno al mio vagabondaggio, la solitudine romana dell'estate.... Quando, stamane, in una visione volante, sparente, una grande automobile polverosa mi è passata, di contro, è sparita, in un attimo, scendendo verso Roma, lontano: come in un baleno, come in un sogno fuggente, io ho riconosciuto l'uomo che era solo, dentro l'automobile, l'ho riconosciuto nel suo grande *paletot* chiaro da viaggio, sotto la visiera del suo berretto, ed è, certo, la mia seconda vista, gli occhi della mia anima, non i miei occhi mortali, che han riconosciuto *sir* Randolph Montagu, solo, apparente, sparente, scomparso.... solo! E allora, io ho camminato, ancora, ricomponendo il mio viso che dovea esser scomposto dall'emozione, ho acceso una sigaretta, ho raddrizzato il fiore un po' appassito della mia giacchetta d'estate e son penetrato, con aria perfettamente tranquilla e naturale, nella corte dell'Ambasciata inglese. Vi è, colà, un portinaio freddo ma cortese: come a villa *Star:* come ovunque son inglesi e stilizzano così, egualmente, i loro buoni servi. Nel giovane gentiluomo di stamane, che aveva l'aspetto così disinvolto, il portinaio non ha riconosciuto lo smorto e agitato individuo, simile a un mendicante sfrontato, che ha passato due ore, fra la via e la corte, il giorno delle nozze Sforza-Montagu. Non m'ha riconosciuto. La mia voce quieta gli ha chiesto, se, per caso, potevo trovar sopra, in cancelleria, *sir* Randolph Montagu: per caso.... No, *sir* Randolph Montagu era partito, da pochi momenti, dall'Ambasciata, ove era venuto, da Caprarola, a prender la sua posta.... — E, allora, forse, sarebbe tornato, domani o un altro giorno, *sir* Montagu.... — No, non tornava più. Andava a Caprarola a prendere *lady* Montagu e partiva, subito, per la Svizzera.... — Quale Svizzera?... poichè essa è grande, la Svizzera.... — In Isvizzera.... in montagna.... — Non aveva, dunque, lasciato indirizzo, *sir* Randolph Montagu, per la sua posta?... — Nessun indirizzo: andava in Isvizzera, in montagna.... forse, di là.... più tardi.... avrebbe scritto.... E niente altro, ho potuto apprendere, per la mia bruciante sete di notizie: ma quando sono stato fuori, ho pensato di aver saputo tutto, per cercare, per raggiungere, per rivedere *lady* Diana Montagu.

«Parto anche io, dunque, domattina, in un pio, in un tenero, in un amoroso pellegrinaggio. Non so dove andrò: non so dove mi fermerò: non so dove, infine, la mia lunga ricerca sarà compensata da una divina presenza. Non so. Parto; è tutto. Poichè la conducono via, poichè *ella* va via, io parto, per seguirla, per seguir, prima le sue tracce e, poi, per rintracciarla. Il mondo non è molto grande: io troverò Diana Montagu. E fosse venti volte più grande il mondo, io la ritroverei egualmente, senz' altro. È un piccolo paese, la Svizzera; si percorre presto, sovra i suoi laghi e sopra i suoi monti. E quando io avrò trovata Diana Montagu, io non la lascerò più, colei che ha pianto, partendo, che ha pianto, guardandomi, colei che non mi ha mai risposto, colei che non mi ha mai scritto, colei che non mi ha mai parlato, ma che ha pianto le due sue più profonde, più lunghe e più amare lacrime, guardandomi. Il mondo è breve: la Svizzera è minuscola. Io partirò domani. Raccolgo tutte le mie robe, moltissima roba, tutto quello che potrebbe servire per un viaggio interminabile, come se dovessi girare, per anni, intorno al mondo: raccolgo tutto il mio denaro, quanto ne ho disponibile e lascio ordini, che se ne tenga dell'altro, a mia disposizione, per più tardi, quando scriverò, quando ne avrò bisogno: scrivo a Lisa mia, che parto per la Svizzera.... che tornerò presto e ciò non è vero, perchè io non tornerò presto, perchè non so quando tornerò e, forse, non tornerò giammai. Un senso di vita alta mi tiene, ora che intraprendo il mio pellegrinaggio di amore: ma mi tiene, anche, un sordo, un tenace presagio di morte. Tornerò io in questa cara mia casa, così piena dei miei pensieri, dei miei sogni e di ogni mia gioia e di ogni mia speranza, tornerò, qui, ove ho cominciato ad amar Diana? Tornerò, mai, mai più, in Roma, in Roma nostra, ove io l'ho udita cantare e l'ho vista piangere? Non so. Non so nulla. Un oscuro presentimento è in fondo al mio cuore: e per esso io saluto, come se partissi per sempre, come se morissi, questa mia casa: per esso, io, di lontano, mando tutta la mia fraterna tenerezza a Lisa Ruffo, alla mia soave sorella, alla creatura di dolcezza e di pietà. Non so se la vedrò più. Il mondo è piccolo: ma il mio amore e il mio dolore sono di me più grandi, di me più forti: ma ogni rischio pende sulla mia vita e ogni rischio mortale mi è nulla ed è nulla, per me, la morte cui vado incontro, la morte, che, quasi, mi ha preso, in una notte di estate, per Lei, la morte che è la compagna di ogni grande amore. Il mondo è piccolo: e io debbo raggiungere Diana, Diana Sforza, Diana Montagu, e non lasciarla mai più, e viver presso lei, e morir presso lei, non so dove, non so quando, ma non prima che ella mi abbia amato, ma non prima che ella abbia chinato il suo volto verso il mio e posato la sua bocca sulla mia. Non altro, voglio. Un bacio della sua bocca e tutte le ebbrezze più alte mi saran state premio di vita e di morte. Parto domani. Riunisco, con le altre lettere che le scriverò, nel mio pellegrinaggio, sin che io non la ritrovi, queste due lettere: e tutte gliele darò, insieme, in quel giorno, perchè ella tutto sappia. Parto domani: è Lei che mi aspetta, non so dove, non so quando, col suo viso bello e triste, su cui ho visto scorrere le sue lacrime e per queste lacrime io vado.... vado assai lontano, forse.... non torno più, forse.... perchè ella mi ami, infine, ella che ha pianto....».

«Lucerna, quindici luglio...

«Qui, davanti al verone della mia grande camera, qui, nella via, sotto gli alberi folti, sotto gli alberi che ombreggiano così fragrantemente la passeggiata, lungo il lago, dei suonatori italiani accompagnano, con l'ardore musicale di cui è piena l'anima del popolo nostro, un tenore di strada che canta *'O sole mio:* e canta con un languore voluttuoso, con un impeto passionale, che ha tratto alle finestre e ai balconi di questo *hôtel National,* molte di coloro che, in quest'ora mattinale, non sono ancora escite a passeggiare, sul lago, in canotto, a giuocare al *tennis,* a *flirtare* sotto gli alberi, sui sedili che chiudono le aiuole fiorite di questo grande giardino, innanzi all' albergo. Occhieggia, il lago chiarissimo, fra le piante: vi è un andirivieni di uomini, di donne, vestite di bianco, che s'incontrano, si salutano, si sorridono, chiacchierano.... e il tenore ambulante, invoca il suo sole, con un impeto commovente, in cui l'antica romanza popolare par quasi che esprima la nostalgia amorosa di tanta gente! Son dieci giorni che vado cercando, di paese in paese, in questa prima parte della Svizzera, colei che mi chiama a sè, senza parole e senza voce, senza lettere e senza altro scritto, colei che mi chiama, così, senza nulla dirmi, senza nulla scrivermi; ma, di già, dapertutto ove mi son fermato, in grandi paesi e in paesi più piccoli, nei *palaces* e negli alberghi minori, io non ho trovato traccie di *lady* Montagu. Ella non era nè a Brunnen, nè ad Axenfels, nè a Engelberg, nè al Burgenstock, nè al Righi First: tutte queste rive del lago dei Quattro Cantoni, tutti questi monti coronati di alberghi, io li ho visitati, uno per uno, con una profonda pazienza. Torno da Zurigo, ora: ella non vi era, come non era a Gurnigel, presso Berna: e sono qui, per due giorni, per riposare della mia stanchezza fisica, per raccogliermi, per ritrovare le mie energie morali, che la inutile ricerca disperde, purtroppo. Ovunque io sono stato, non ho trascorso che un sol giorno, distratto e assorbito nella mia profonda cura, dopo di aver assaggiato una novella delusione; e i paesaggi svariati e gli ambienti diversi e le folle estive che la Svizzera richiama, da ogni paese di Europa, forse da ogni paese del mondo, non mi diceano nulla, poichè io nulla vedevo, più, dal momento che in quel paese e in quell'albergo non vi erano *lady* Diana Montagu e *sir* Randolph Montagu, e non vi erano neppure attesi. Dopo l'inchiesta vana, io me ne andavo in sala di lettura e cercavo, ansiosamente, il *Journal des voyageurs* o il *Traveller's express,* o l'*Alpine Post,* ove, con titoli diversi, vi è l'elenco completo dei villeggianti, dei viaggiatori di tutti gli alberghi del paese e, talvolta, della regione: dopo aver letto tre o quattro volte, minuziosamente, quell'elenco, non avevo altro desiderio che di partire, che di andare altrove.... Ora riposo, per due giorni, in questo paese, così seducente di beltà, di grazia, di poesia, fra il florido verde delle sue colline vicine, la maestà dei suoi monti poco lontani e il fulgore del suo lago sinuoso, *Lady* Diana Montagu non è qui, non può esser qui, poichè il suo sposo non l'avrebbe condotta, in viaggio di nozze, a Lucerna, piena di gente gaia e frivola, all'*hôtel National,* ove si passa di festa in festa: non è qui, Colei che a sè mi chiama, ma io, oggi, cerco di vincere la mia immensa lassezza, cerco di ridestare le mie forze morali, perchè io, domani, debbo riprendere il mio pellegrinaggio. Cantano nella via e ciò culla il dormiveglia del mio spirito affranto, del mio corpo affranto. Domani, io sarò pronto a partire, poichè Diana non è qui....»

«Pazienza, pazienza, cuor mio! Ancora dieci giorni di viaggi, per ferrovia, per funicolare, per battello, per ogni dove, salendo sui monti più bassi, ascendendo sui monti più alti, navigando sui laghi: dieci giorni di tragitti continui, dormendo ogni sera in un paese diverso, riprendendo, talvolta, il viaggio nel giorno istesso. Nulla, nulla, cuor mio, e tu devi avere molta pazienza, come ne ebbero tutti i santi che, poi, toccarono il paradiso, dopo il martirio, tu devi tutto sopportare, tacitamente, in un eroismo silenzioso, sinchè ti sia dato il gran premio.... Domani, ripartiremo, cuor mio: questa notte staremo qui, poichè una pioggia violenta continua da tre ore e un mantello nero di nuvole covre la Vergine dei Monti, questa maestosa e terribile Jungfrau, e gli alberghi sono zeppi di una gente rumorosa, che non potendo escire, gremisce i saloni, suona, canta, balla, giuoca, ride, ovunque. Fuori il lungo temporale chiude ogni orizzonte. *Ella* non era in nessun posto da me visitato; Ella non è qui. Noi partirem domani, cuor mio, per andare più oltre, sempre più oltre. Forse, domattina, la bufera si sarà allontanata e candidissima e imperiosa dominerà la valle, la Vergine montana: e noi la saluteremo, un istante, e continueremo il nostro viaggio, altrove, non sappiam dove, povero cuor mio, che devi avere una pazienza sublime....»

«È un momento che ho ritrovato le tracce di Diana, della mia Stella mattutina, della mia Torre d'avorio. Ella è poco lontana e io, forse, la rivedrò domani. Qui, oggi, ero giunto dopo aver esplorato tutte le rive del lago Lemano, da Ginevra a Evian, da Nyon a Montreux, a Territet: qui, oggi, ero piombato in un annientamento morale e fisico, che mi abbatte, ogni tanto, in quest'affannosa ricerca e che appesantisce, su me, un sonno lungo e senza sogni. Stasera, un momento fa, in questo salone dell'*hôtel Beaurivage*, mi addormentavo invincibilmente sovra una interminabile lista di nomi, nel *Journal des Voyageurs*, quando mi son svegliato, di colpo, leggendo che, a Montana, tre o quattro giorni fa, nel *match* finale di *golf* aveva vinto il primo premio il forte giuocatore inglese, *sir* Randolph Montagu contro *Mr.* Jos. Chandlers. Montana, Montana! È nel Vallese, Montana, sovra Sierre: è un ritrovo di *sport* estivo, *tennis* e *golf*, di *sport*

invernale: vi è un *Montana Palace*. E stasera non posso, non posso più partire, non potrò dormire, questa notte, poichè è alle cinque di mattina che potrò partire pel Vallese, per Montana, dove Ella mi chiama e mi aspetta....»

«Ella è stata, qui, due settimane: ella non è più qui, da due giorni. Il vincitore inglese del *match* e la sua signora sono partiti, l'indomani del banchetto annuale dei *golfeurs*: sono lontani, ora, a Scheveningen, presso l'Aja, sul mare del Nord. Oh qui lo conoscono bene, *sir* Randolph Montagu, poichè egli vi viene, da quattro anni, ogni estate: e vi è venuto, puntualmente anche questa estate, con la sua sposa, *une superbe italienne!* Così mi ha detto il segretario di *Montane Palace*, molto cortesemente. Io gli ho chiesto, vagamente, notizie della sposa: egli ha compreso che io era italiano, un parente, un amico, forse.... *On la voyail très peu.... probablement elle n'aime pas les sports.... mais quelle belle personne, monsieur....* E il paese non è neppure imponente, non è neppure ameno: e la società è tutta di giuocatori inglesi: e che mai ha fatto, qui, la mia bella rosa d'Italia, che ha fatto, tutta sola, la mia povera Euridice, che ha fatto, qui, mentre il suo sposo la lasciava per intere giornate, quassù, sola, sola, sola, Diana Sforza? Quanto è lontano il mare del Nord e come è stretto di tristezza, di rimpianto, d'inconsolabile rimpianto, il cuor mio, per voi, Diana....»

«Scheveningen, dodici agosto...

«Partiti, partiti, partiti, come se fuggissero, in una corsa fantastica, come se mi sfuggissero, come se sapessero che io li cerco inutilmente, da cinque settimane, che li perseguito, di paese in paese, come se Ella sentisse, alle sue spalle, la mia persona ansante e il mio angoscioso amore, come se Ella avesse, forse, la noia, e, forse, il ribrezzo della mia persecuzione, *lady* Diana Montagu, la nobile sposa, la sposa in viaggio di nozze, fuggente innanzi a colui che si ostina pazzamente a seguirla, ad amarla, sol perchè l'udì cantare, in una sera di primavera romana e la vide piangere, nel dì delle sue nozze! Che è mai stato, di me, in questi giorni di viaggio vertiginoso, di treno in treno, in uno scompiglio delle mie facoltà, perdendo delle coincidenze, passando delle ore mortali in qualche piccola stazione tedesca, in qualche paesello belga, che è stato di me, sin ier sera, quando son giunto all'Aja, a mezzanotte, ed era impossibile raggiungere Scheveningen, prima di stamane? Io non so. Sono qui ed ella ne è partita. Dopo una via d'incanto, fra un florido bosco, ecco Scheveningen, spiaggia di pescatori olandesi, ecco questo pittoresco, questo poetico, questo gaio e semplice paese di mare, che conserva il suo aspetto arcaico, malgrado i suoi tre o quattro sontuosi alberghi di stranieri: e il suo *Casino* è come un circolo di famiglia, con spettacoli morali e divertimenti casalinghi: non si giuoca, a Scheveningen, nè al *Casino*, nè negli alberghi, se no, i buoni e onesti olandesi diserterebbero: e i forestieri si annoiano, qui, e van via, subito. *Ça nous fait beaucoup de tort, monsieur* — mi ha detto, con rammarico, il direttore del *Britannia hôtel*, ove eran discesi i Montagu e donde son partiti, dopo tre giorni di dimora. — *Tout le monde chic nous laisse pour Ostende.... pour le jeu, monsieur, pour le jeu....* Gli sposi sono, ora, a Ostenda. Posso raggiungerli fra poche ore. E, invece, una mortale incertezza mi si apprende, ogni mia volontà di andare, di arrivare, è come morta: e ogni mio coraggio è svanito, in una infinita miseria di sordi dubbii, di fosche paure, di presentimenti fatali. Non è forse meglio che io me ne vada, qui, sulla spiaggia vasta, dalla sabbia finissima, ove ridono e cantano centinaia di fanciulli seminudi, innanzi a questo mare del Nord, che è, oggi, dormiente, in una tinta di acciaio, ma che, domani, può esser sconvolto dagli aquiloni, non è forse meglio che io mi distenda sulla sabbia, ignoto, solo, tacito e lasci scorrere le ore e il tempo, a Scheveningen e non vada mai, mai, a Ostenda, e non ritrovi mai più Diana Sforza e mai più io la rivegga? Tanti uomini, tante donne, han rinunziato, rinunziano, perchè il destino è avverso, perchè il mondo è avverso, perchè il Cielo è avverso, come me, cui tutto è avverso, anche l'animo di Lei che non m'ama, non m'ama e io la seguo invano? Io, forse, potrei restar tutto l'estate a Scheveningen; forse, dopo, potrei andarmene in una di queste isole olandesi, qui, in questo mare del Nord, verso Amsterdam: e rimanervi, ignorato, fra ignoti, tutta la mia vita: e morirvi, ignoto, poichè Diana Sforza è sposa, non mi ama, mi fugge, poichè non mi ama, non mi amerà mai! In una piccola isola: Zantwort, mi pare....»

«Ostenda, quindici agosto...

«.... *O vase d'élection, o Grande Taciturne*, o mia Dama del Silenzio, o voi che mai mi avete risposto, o voi che mai, forse, mi risponderete, ecco, qui, una, due, tre, quattro, cinque, sei, sette, otto, nove lettere di colui che sempre vi ha scritto, che sempre vi ha amato, e solo in queste lettere ha potuto aprire il suo cuore, pieno di voi. Sono cinquanta mortali giorni in cui non ho visto brillare la mia stella, Diana, e ieri, solo, di nuovo, essa ha scintillato innanzi ai miei occhi abbagliati: e in questi cinquanta giorni, di lei sempre pensando, per lei sempre soffrendo, invocandola, desiderandola, cercandola ovunque, seguendola dapertutto, io le ho scritto queste nove lettere, ove ogni tumulto del mio spirito e ogni miseria del mio animo, è passato, nelle febbrili o nelle fioche parole. Legga, legga, Colei che mai risponde: e vegga, dalla lettera scritta nel dì delle sue nozze religiose, in cui Ella volle piangere, guardando lo sconosciuto che ha osato amarla, in cui Ella gli fece, in cambio di tant'adorazione e di tanto dolore, il dono prezioso delle sue lacrime, da quella lettera di dedizione allo scoppio della gelosia furente di questo disgraziato, al suo distacco dalla casa e dalla patria, al suo pellegrinaggio d'amore, sino a ieri, sino a oggi, vegga Costei se il pellegrino d'amore non sia arso da un fuoco imperituro, vegga Costei se l'amore di Paolo Ruffo non sia più forte della vita e più forte della morte....».

«Ostenda, diciannove agosto...

«Un immenso orgoglio e una immensa tristezza rendono, o Diana, più penetrante, più toccante, più avvincente la vostra beltà; sì che niuno può incontrarsi in voi, senza esserne sorpreso e scosso. Qui, ove una folla femminile turbina, da mane a sera, ovunque, sulla vastissima spiaggia e nella lunghissima passeggiata lungo il mare, e nei ritrovi mondani e nei saloni d'albergo, qui, ove son tutte le bellezze muliebri più diverse e più raffinate e più semplici, dalla gran dama squisita alla cortigiana pregna di violenti profumi, alla esile e fine e innocente giovinetta, qui, voi, Diana, conquidete gli occhi e le anime di chi vi scorge; e, di lontano, io, nascosto fra la folla, vedo gli sguardi e odo le parole, che voi, orgogliosa, triste e bella, e distante da ognuno, e lontana da ognuno, non vedete, non avvertite. Mai vi vidi così chiusa nell'orgoglio e nella tristezza e mai, mai, foste più bella, Diana, che passate e nulla sapete, perchè nulla volete sapere, perchè nulla tocca l'orgoglio vostro e nulla consola la vostra tristezza, voi passate, in una beltà fatta, oramai, invincibile nel suo imperio. Non siete mai sola: altre dame del vostro mondo e dei gentiluomini, vi circondano, ogni volta che apparite, in pubblico, alle passeggiate, agli spettacoli, alle feste: un breve corteo è con voi, non sempre il medesimo: e intorno a voi, un altro se ne forma, d'ignoti ammiratori.... Mai sola, voi, Diana: e pure sola, solissima, come mai creatura umana fu sola, Voi che siete così affascinante nel duplice vostro possente mistero, dell'orgoglio e della tristezza. Di lontano, cautamente, con cento sottili precauzioni, ora vi seguo, ora vi precedo, ora mi allontano, ora ritorno, sempre vivendo nel magico larghissimo cerchio della vostra presenza e vi contemplo, talvolta, con tutta la forza dei miei occhi mortali e la folla si dilegua ai miei occhi e vi veggo come siete,

41

veramente, sola, solissima, fra le amiche, fra gli amici, vi veggo, lentamente, volgere i pensosi, i fieri, i puri occhi bruni, cercando nel deserto che vi circonda, cercando e infine trovando lo sguardo dell'Uomo che, lontano, quasi nascosto, è sempre nell'orizzonte vago del vostro sguardo, fedele e immoto nella sua fede. Per un istante, un baleno, i due sguardi, il mio, il vostro, s'incontrano. È tutto, per me. Io non saprò mai che sia, questo istante, per voi. Mi pare che più lungi vi trasporti l'orgoglio vostro: mi pare che più profonda si faccia la vostra tristezza: e che divina si faccia la bellezza vostra. Mi pare. Non so. Non so.... Come son sontuose le vostre vesti, o magnifica Signora: e sempre diversamente ricche, e sempre conservanti un carattere di nobile eleganza: e come son smaglianti e singolari i gioielli di cui vi adornate. Io li conosco, ad uno ad uno, i vostri abiti, quasi sempre bianchi, adorni di rari merletti: ad uno ad uno, conosco i vostri gioielli: di lontano, ho sempre tutto visto, tutto notato. Eppure, Signora magnifica, voi portate queste vesti e queste gemme, come una livrea mondana: senza vanità, senza piacere, senza gioia. Nessuno me lo ha detto. Io lo so, questo. Poche cose so, di voi. Ma che vi sia indifferente il grosso filo di perle che portate al collo, la mattina, la sera, che vi sia indifferente il prezioso mantello che avevate, ieri sera, al concerto wagneriano, questo lo so.... Vostro marito, *sir* Randolph Montagu, quasi sempre è con voi, nel cerchio dei vostri amici, delle vostre amiche; ma non accanto a voi: ma niuna familiarità è fra voi, più di prima: i suoi atti di glaciale rispetto verso voi, sono immutati: vi parlate poco, a fior di labbro. Vi ho visto, anche, a una passeggiata, insieme, soli, sul *pier*, prima di colazione. Nella via parallela, dietro gli alberghi, ho seguito i vostri passi, rivedendovi a ogni via trasversale: voi, non potevate vedermi. Andavate, tranquilli, muti, con un passo eguale, accanto. Ogni tanto, scambiavate una frase. Siete andati molto lontano: e io con voi, nascosto dalle case, per la parallela. Vi siete fermati laggiù, laggiù, sulla spiaggia deserta, guardando il mare. Esso era di un grigio plumbeo, anche sotto il sole: lontano, diventava livido. *Sir* Montagu, col sottile giunco dal manico d'avorio, v'indicava qualche cosa, all'orizzonte, parlandovi: voi ascoltavate, a testa un po'bassa. Che vi diceva? Che vi additava? L'Inghilterra? L'Inghilterra, dove andrete, quando? L'Inghilterra, dove resterete, quanto? Siete tornati, camminando più lentamente. Mi è parso più grave di orgogliosa tristezza il vostro viso, Diana. Non so: non so. E alla porta dell'albergo, *sir* Randolph vi ha lasciata, con un saluto secco, allontanandosi verso la città. Voi amate *sir* Montagu, Diana? Ed egli, vi ama? vi ama?

«Paolo Ruffo».

«Ostenda, ventuno agosto…

«Mai la mia vita fu più intensa, più energica e più veemente, in ogni sua forma e in ogni sua espressione; e gl'istinti e i sensi e i sentimenti, in un sol fascio, sono sospinti a una incalcolabile potenza. Mai uomo ebbe un più terribile, più inebbriante e più mortale segreto di vita, come me, oggi, ieri, domani, qui, dove voi altri siete, dove siete insieme, novelli sposi, in viaggio di nozze, e dove sono anche io, mentre dovrei esserne lontano mille miglia; qui, dove voi altri siete per amarvi, fra il lusso e i piaceri e io sono qui, terzo, fra voi, intruso, fra voi, amandovi di una passione impetuosa e clamante, e dove non dovrei nè adorarvi, nè amarvi, nè conoscervi; qui, dove io posso vedervi, molte volte, in un giorno, in una sera, dove sempre posso incontrarvi, sempre seguirvi, e avvicinarmi sino a voi, quasi a sfiorarvi e tutte queste volte non mi bastano, non mi basterebbero, mentre dovrei, debbo, fuggirvi, evitarvi; qui, dove, persino, io potrei facilmente giungere a esservi presentato, da comuni amici, presentato a *sir* Montagu e io sarei il più felice fra gli uomini, se potessi inchinarmi, innanzi a voi, baciarvi la mano, parlarvi.... e non debbo, non debbo, non debbo; qui, dove ogni ora della mia giornata, ogni minuto delle mie ore, è, per me, apportatore di una

42

immensa emozione, di un immenso rischio, di un immenso sgomento, sgomento per voi, per voi, Diana! Vivo cento vite, tutte fuse, insieme, e ardenti e crepitanti e fumanti, come se tutto il mio essere fosse un puro e incandescente metallo, bollente in un crogiuolo: e mai mi consumo, mai mi estenuo, perchè voi siete qui, perchè tutto il mondo, intorno, dal cielo che s'incurva sul mare del Nord, e nelle vastissime distese di sabbia percorse da migliaia di persone, e nelle vie frementi di movimento, una divina presenza, anche nascosta, anche segreta, alimenta il fuoco, su cui brucia e fuma la mia vita, senza consumarsi. O Diana, *quanto* io vivo, da che vi ho ritrovata, da che vi ho riveduta: quanto io vivo, anche nelle inquiete ore di un breve riposo, con tutte le mie facoltà moltiplicate e con ogni mia virtù diventata singolare! Pensate bene, Diana: io so bene quale albergo abitate e non vi son potuto venire, malgrado il mio pungente desiderio, e non vi penetro neppure, per cercarvi un paio di amici miei, che hanno la fortuna di dimorarvi, accanto: e ho dovuto scegliere un albergo ignoto, non troppo lontano, non troppo vicino, ignoto, dove non ho dato neanche il mio nome, per prudenza, dove mi sanno come Giorgio Costa, il nome di mia madre, che si chiamava Giorgina Costa: e vi rientro, talvolta solo a notte alta, per dormirvi qualche ora: e vi resto, talvolta, chiuso un intiero giorno, per sparire dalla folla di Ostenda, folla, oramai, in cui tutti ci ritroviamo, sempre agli stessi posti, sempre agli stessi convegni.... Pensate, Diana, che io non so mai, il mattino, che farete, voi e *sir* Montagu, nella giornata, dove vi recherete, dove vi fermerete, come trascorrerete il pomeriggio, la serata: e che non posso farmi scorgere intorno al vostro albergo: e se vi vedo giungere, insieme, di lontano, debbo celarmi: e se siete sola, debbo astenermi anche più, debbo giudicare se seguirvi o no; e se entrate in un ritrovo di poca gente, non posso intervenirvi anche io: e se la gente è molta, debbo penetrare in tale posto, in modo che la gente istessa mi nasconda e non m'impedisca di vedervi, di contemplarvi, di bearmi del vostro volto; e debbo sparire, costantemente, perchè *egli* non mi vegga.... Pensate, Diana, che, da sette giorni, io sono qui, che io vi ho vista, *sempre* e che vostro marito non mi ha ancora veduto. Non m'ha veduto! Non m'ha veduto! Mentre io sono sempre intorno a voi, mentre io non mi allontano mai dall'alone che vi circonda, dal solco che voi lasciate, *sir* Montagu non mi ha visto. Egli mi conosce bene; egli mi riconoscerebbe subito: egli intenderebbe, subito, la ragione della mia presenza, qui. Che so, io, se egli non sappia molto più di quanto io creda, sul mio conto e sulla mia follia amorosa? Che so, io, se egli non abbia visto tutte le mie lettere o non ne abbia letta qualcuna? Egli mi conosce: egli sa, forse, tutto. Qui, non mi ha visto ancora. È un miracolo, Diana: ma, credetelo, è un miracolo dovuto al piano di audacia e di cautela, di costante sospetto e di costante vigilanza, di fiducia nella mia sorte d'amore e di diffidenza d'ognuno, il piano che, ogni notte, ogni mattina, io formo, io creo, io organizzo, io trasformo, io rendo perfetto, un piano diabolico, o mia stella d'amore, un piano infernale, solo per potervi semplicemente, umilmente, profondamente amare, senza che nessuno lo sappia, senza che *egli* lo sappia, senza che voi dobbiate soffrire, per questo amore....

.   .   .   .

«La sera era già alta, quando i miei occhi e la mia anima sono stati così soavemente, così voluttuosamente ebbri di voi, Diana. Dalle sue cento finestre, dai suoi veroni, dalle sue terrazzine, il *Kursaal*, gremito di gente, fiammeggiava sulla oscurità della notte: e ogni balcone e ogni finestra di albergo, di *restaurant* fiammeggiava: e musiche più vive o più fioche, giungevano, a tratti, nella via, sul *pier,* ove i viandanti si diradavano, attirati dai divertimenti, dagli spettacoli, dai piaceri, che le luci e le musiche indicavano: e le tentazioni della beltà e del giuoco rendevano, oramai, deserta la grande spiaggia di Ostenda e restituivano all'imponente, all'austero mare, nell'ombra, nella notte, tutta la sua nobiltà. Io andavo, lentamente, solo, nulla sapendo di voi: e mai potevo dilungarmi da quell' *hôtel Continental;* e nella oscurità io ne contemplavo la facciata, ove i grandi appartamenti del primo piano, hanno quei larghi veroni coperti da un'arcata, quelle verande che sono, quasi, dei piccoli salotti, all' aria aperta, dove sono collocate sedie a sdraio e tavolini e, persino, delle lampade velate da paralumi; come in Inghilterra, in Belgio, in Olanda, nei palazzi signorili, negli alberghi aristocratici, queste verande aeree mettono una poesia, con la rivelazione di una intimità, che fa sognare il passante. Io, ieri sera, ero il passante: e voi eravate, lassù, non molto in alto, non troppo in basso, sulla veranda del vostro appartamento al *Continental:* prima in piedi, fra un gruppo di palme a grandi foglie, vestita di bianco, con una blonda di merletto sui capelli: poi, seduta in una poltrona, sotto l'arcata della veranda, presso il tavolino coverto da una stoffa chiara a fiori: la lampada, chiusa da un paralume trasparente, illuminava tenuemente il basso del vostro viso e le mani immote sui bracciuoli: dirimpetto a voi, ma in penombra, qualcuno, un uomo, in piedi, vi parlava, irriconoscibile: e voi lo ascoltavate, intenta, rispondendogli, ogni tanto.... Io era il passante: l'ombra mi circondava ed ero confuso in essa: e niuno potea scorgermi: e tutto io scorgeva, di voi, sulla veranda, ove, per la prima volta, eravate apparsa, nelle vostre vesti candide, col candore del merletto serico sui vostri capelli ondanti, ove, per la prima volta, io poteva guardarvi, a lungo, a lungo, io, che ero un'ombra dell'ombra, sulla via, quasi sulla spiaggia bruna, avendo, alle spalle, la profonda oscurità del mare e della notte senza luna. Tutta la mia vita si era raccolta nei miei occhi: e, da essi, penetrava in me tanta beatitudine, che le mie vene e i miei sensi e il mio cuore e tutta l'anima mia si struggevano di dolcezza. Ero immoto; la sera si faceva più fresca, più solitaria, più tacita; non un viandante, più, sul grande *boulevard,* sul *pier:* io solo, io solo, invisibile fra le tenebre notturne, io solo e non solo, poichè, lassù, non molto in alto, Diana Sforza prolungava la sua serata, all'aria aperta, sotto il lume velato di una lampada. Improvvisamente, colui che le parlava era sparito. Ella era sola. Con atto lento, ella si era volta verso l'ombra: come se sapesse che qualcuno era colà, colui che, sempre, è presente, ove i suoi occhi pieni di una tristezza superba lo cercano. Solo questo gesto di ricerca, per l'Eterno Viandante, per il Pellegrino di amore; gesto semplice, un volgere di occhi, una ricerca tranquilla ma, infine, infine, desiosa, sì, desiosa di questa immutabile, invincibile fedeltà di amore, nel povero viandante, nel povero romito e non più povero, costui, in quell'istante, Diana, ma ricco, ma ricco più di Pluto, poichè quel gesto è *suo* e null'altro egli possiede, ma tutti i beni della terra e del cielo sono suoi, se gli occhi di Diana Sforza lo ricercano, nell'ombra densa, nella notte senza stelle e senza luna! Occhi belli, occhi buoni, che vincono la loro tristezza e sono solo dolci e velati di una grave tenerezza — così vede, sogna, il viandante — interrogando la notte solinga, guardando nelle tenebre fonde ove Paolo è ebbro di gioia, ove la sua ebbrezza palpita, tumultua, anche più, quando Diana Sforza si leva, alta, in veste bianca e si arresta, come se salutasse l'ombra.... Ha visto, Diana, agitarsi convulsamente un fazzoletto, nella notte, in segno di saluto, e diradar l'ombra col suo biancore e dire con quel moto il fremito di voluttà e di soavità della mano, della persona che lo agitava? Sì, Diana ha visto: un istante, la sua testa si è chinata, quasi a rendere il saluto: poi, essa è sparita; e poco dopo, un servo è venuto sulla veranda, a ritirar la lampada, i ninnoli del tavolino, i cuscini delle poltrone e i cristalli sono stati chiusi e le tende abbassate. Un uomo è escito dall'ombra, vacillante, con gli occhi abbarbagliati ed è rientrato nel suo ignoto albergo, a piangere le sue lacrime di gioia nel suo origliere....»

«Ostenda, venticinque agosto...

«O *lady* Diana Montagu, signora di Montagu Castle e di Springfield Court, ricca sposa, sposa novella, che fate voi, quando la notte è giunta e voi siete sola? Come tutte le belle dame circondate di lusso, voi chiamate la vostra cameriera e le dite di acconciarvi, per la notte: essa discioglie la vostra capigliatura dalle sue costrizioni e ne fa delle trecce: essa scalza i vostri piedini dagli stivaletti, dalle scarpette fibbiate e v'infila le pantofole di tela d'argento: essa vi offre il vaporizzatore per aspergere il vostro viso e il collo e le mani di una pioggiolina rinfrescante e

44

odorosa: e, infine, in piedi, in silenzio aspetta altri ordini, la cameriera, da voi che siete sola. Che farete voi, allora, nobil donna, sola come siete? Voi congedate con un gesto, con un'occhiata la vostra servente e restate anche più sola di prima. La vostra camera è grande: è una camera da sposi: e sul letto sono rimboccate le coltri, ai due posti ove gli sposi debbono coricarsi: da una parte e dall'altra, sono disposti i *bonnes nuits* contenenti le camicie da notte dei due sposi.... suppongo, suppongo, suppongo! La mezzanotte è già scoccata: voi lo vedete sull'orologio da viaggio, che è presso il vostro letto — presso il vostro posto, o cara sposa — e voi pensate che è tempo di riposare. Che fate, voi, allora, o *lady* Diana, lontana dalla vostra famiglia, dai vostri amici, dalla vostra patria, voi, congiunta a uno straniero, voi, in paese straniero, voi, diretta a una più lunga e forse molto lunga dimora straniera, voi, che siete sola, sola, innanzi al vostro Dio? Voi pregate: voi pregate, certo, molto, a lungo: voi pregate, tanto, tanto.... ma con quali parole, le vostre o quelle delle antiche orazioni, delle tradizionali preghiere? Con le parole vostre o quelle consuete, che gli dite mai al Signor Vostro, nella notte, sola e lontana, come siete? Che gli dite? Di che lo ringraziate, per che cosa a lui vi raccomandate? Certo, vi raccomandate, cara sposa fortunata, al Signore: vi raccomandate, lo suppongo, lo credo, lo so, perchè il Signore vi protegga, vi aiuti, vi conforti.... vi raccomandate, sposa bella, sposa giovane, sposa ricca, *lady* d'Inghilterra, prossima ambasciatrice, vi raccomandate! E, dopo aver pregato, voi sciogliete le vostre vesti e andate a letto, nobil dama, è vero, sempre in silenzio, sempre sola? Non suppongo: so. Leggete, in letto, perchè un po' di tempo passi? Perchè qualcuno ritorni, alla fine e voi non siate più sola, leggete pazientemente, perchè l'ora passi? Che leggete mai? Un libro di religione? Un romanzo? Chi sa che leggete! A un certo punto, qualunque sia il libro, voi lo chiudete, lo deponete sul tavolino da notte, presso l'orologio, fra la boccetta dei sali e il *verre d'eau*, voi voltate la chiavetta della lampada e la vostra testa e la vostra persona si accomodano, per il sonno notturno. Voi vi addormentate, sola, sino all'alba, sino alla mattina. Non lo suppongo, lo so.

«Da tre notti, *lady* Diana, il vostro novello sposo, il marito vostro, *sir* Randolph Montagu, ed io, restiamo insieme, sino all'alba. Egli non sa di questa mia compagnia: ma io son poco lontano da lui e vigilo, veglio, con lui, sino all'alba. È nel *Cercle privé* del *Kursaal* che io l'ho visto, per la prima volta, tre sere fa, cioè, tre notti fa. Ero entrato, là, condotto da un amico, don Lodovico Massari, che ama il giuoco, sebbene non sia un forte giuocatore: io ho giuocato, un tempo, e ho anche perduto, ma senza grande piacere. Ho, poi, trovato di non esser nè abbastanza povero nè abbastanza ricco, per esser un giuocatore; e non ho giocato più. Abbiamo fatto un giro in quei maestosi saloni e nei salotti dove, ovunque, erano circondate le tavole da giuoco, *baccarat, poker, trente et quarante* da una triplice fila di giuocatori. A una di esse, di *trente et quarante*, era seduto *sir* Randolph Montagu, pacato, immobile, attento e intento al suo giuoco, che doveva esser forte. Ho dovuto, a traverso le teste, guardarlo due o tre volte, per esser certo che fosse lui: mi pareva impossibile che lo sposo novello di Diana Sforza giuocasse a carte, in quella notte, nella sontuosa bisca. Poi, ho pensato che si trattasse di una partita di un'ora. E ho atteso, pazientemente, altrove, ritornando in quella sala, ogni tanto, con discrezione, a occhieggiare; egli era sempre colà, calmo, assorto, giuocatore freddo e preciso. Vi è rimasto sino all'alba. Anche io. Mi son dovuto celare, all'alba, quando egli esciva dal *Cercle privé,* insieme ai più accaniti, ostinati giuocatori. Non mi ha visto. Era distratto, pallido e chiuso: pallido per la notte vegliata, non altro, perchè, mi han detto, dopo, che aveva guadagnato. Sono tre notti che, da mezzanotte in poi, *sir* Randolph Montagu viene alla sala da giuoco, prende il suo posto, giuoca sino all'alba, un grosso giuoco: e son tre notti che io mi aggiro per i saloni estremi del *Cercle privé,* per le stanze di lettura, di scrittura, vegliando anche io, per vedere a che ora, mai, si levi dal giuoco, *sir* Montagu. All'alba, sempre: con un gruppo di una ventina di giuocatori, come lui, inglesi, francesi, russi. Ho, poi, saputo che ogni notte, dalla prima in cui è giunto a Ostenda, egli è venuto a giuocare, egli è restato sino all'alba e che vi verrà, lo sanno bene, i *croupiers,* sino all'ultimo giorno. Fa un forte giuoco: guadagna, perde, per lo più è fortunato e, forse, la vincita o la perdita gli sono indifferenti, ma ama il giuoco per il giuoco, con quell' ardore segreto, vestito di compostezza e di silenzio delle anime nordiche. *C'est un joueur serieux,* dicono, gravemente, i *croupiers* del *Cercle privé*.... E ho saputo, altrove, ho potuto sapere, al vostro albergo, o sposi novelli, che *sir* Montagu prende una doccia, rientrando all'alba, e che si ritira nella *sua* stanza, a riposare, la *sua* stanza che non è neppure vicina alla vostra e che solo alle undici e mezzo, è permesso al suo domestico di bussare alla sua porta....

«O novella sposa, voi dormite sola, tutte le notti, voi dormite sola, e vi svegliate sola, e non rivedete lo sposo vostro che a mezzodì; ed egli, tutte le notti, va a giuocare, come prima, come sempre; va a giuocare, sino all'alba. O sposa novella, egli vi ha, voi siete sua, voi siete un fior di bellezza, voi siete giovane, e siete sua, sua, sua; egli vi ha voluta e vi ha sposata e vi ha condotta via, e la notte egli non è con voi, egli giuoca, egli rientra alla luce chiara, egli dorme nella sua stanza, come se voi non esisteste, sposa sua, donna sua.... egli vi ha, e non vi pensa, non vi desidera, non vi vuole, non vi prende.... ah, ah, sposa novella, *lady* Diana Montagu, *sir* Randolph Montagu non v'ama, non v'ama, non v'ama....

«Paolo Ruffo».

«Ostenda, ventotto agosto...

«Un'ora fa, al *Cercle privé,* alla tavola del *trente et quarante,* circondato da tre file di giuocatori o di spettatori, stretti attorno alle sedie dei giuocatori maggiori, *sir* Randolph Montagu, che è sempre attentissimo al suo giuoco, che non guarda mai i suoi vicini, che non leva mai gli occhi su coloro che gli son dirimpetto, *sir* Montagu si è fermato, un istante solo, dal giuocare, ha alzato un po' la testa, ha levato gli occhi e, fra le tre file di coloro che erano in piedi e ove mi pareva di esser perfettamente nascosto, indietro, come stavo, mi ha scorto, mi ha guardato, mi ha riconosciuto. Nè il colore del suo volto si è alterato, nè un muscolo di questo suo viso si è mosso: solo, le sue palpebre hanno avuto un piccolo battito che io ho scorto benissimo: e, mi è parso, un lieve tremito nella sua mano, che toccava distrattamente le monete di oro e i biglietti di banca, a sè dinanzi. Non altro. Egli ha continuato a giuocare. Io son restato immobile, di fronte a lui, non volendo allontanarmi, non volendo aver l'aria di fuggire. Egli non mi ha mai più cercato col suo sguardo. Ma, prima, mi aveva visto e riconosciuto, perfettamente. Ho atteso, muto, fremente nel fondo del mio animo, una mezz' ora; dopo, naturalmente, mi sono aggirato due o tre volte nei saloni e, poi, sono uscito. Ho avuto la forza di far questo tranquillamente, con una calma perfetta: ho camminato lentamente, nei saloni, nell'anticamera e persino nella via che conduce a questo mio piccolo, ignoto albergo *Bellevue,* come se pensassi che *egli* potesse seguirmi, che *egli* volesse raggiungermi e che non dovevo, non dovevo aver l'aria di fuggire, davanti a lui. Ah io non fuggo, non fuggo, io sono un uomo, io non ho paura di un altr'uomo, io non ho mai avuto paura, io ho rischiato, due o tre volte, la mia vita, per meno assai di questo amore, io mi son battuto in duello, con avversarii temibili, io ho corso dei gravi pericoli, in viaggio, a cavallo.... ma, ecco, questa notte, io tremo tutto di una emozione invincibile, perchè *sir* Montagu mi ha riconosciuto, tremo per voi, Diana, tremo come un fanciullo e un terrore misterioso, per voi, Diana, fa battere i miei denti e mi vergogno anche di questo tremore, di questo terrore, ma so, so che è solamente per voi, Diana, che, per me, siete sospettata da vostro marito, voi, novella sposa, voi, innocente, voi, pura, voi, forse, Diana, siete in pericolo, per me, per la mia pazzia, voi che non mi amate, voi che non mi avete mai amato e io vi fo perdere la pace, io vi comprometto, io, forse, vi fo correre qualche pericolo, ignoto, non so bene.... Oh che notte passerò mai, io, qui, non sapendo se *egli* non sia rientrato subito all'albergo e non vi abbia risvegliata, e non vi abbia insultata, per me, voi, che non mi conoscete, che non mi conoscerete mai.... che notte atroce, tremando, io che non sono un vile, io che non calcolo la vita, io che la darei per voi, mille volte, tremando, io, vigliaccamente, puerilmente, per voi, Diana, innocente, pura....

«Paolo».

«Ostenda, trenta agosto...

«Da quarantott'ore non esco da questa mia cameretta del *Bellevue:* l'alberghetto è celato fra le case della città, lontano dalla popolosa spiaggia e dal suo grande popolosissimo *boulevard:* l'unica mia finestra dà sovra una viuzza deserta: e qui mi chiamo Giorgio Costa: qui, non mi cercherà nessuno, non mi troverà nessuno. Da due giorni non esco: ho detto al cameriere che non mi sentivo bene, sebbene non avessi bisogno di medico: e mi portano in camera i pasti, a cui, quasi, non tocco, nutrendomi di caffè, di *the,* di qualche bicchierino di *cognac,* stordendomi col fumo di cento sigarette, passando dal mio letto alla mia poltrona, dormendo a sbalzi, sonnecchiando interrottamente, cercando di leggere, non comprendendo quello che leggo, cominciando delle lettere a Diana, che non continuo, perchè non so se gliele potrò dare mai, perchè non so più nulla, più nulla, più nulla, di lei, perchè anche la lettera ultima, con cui le dicevo che *sir* Randolph Montagu mi aveva scoperto e riconosciuto è qui, innanzi a me e queste parole istesse, questo diario della mia paura, quando, quando, quando lo leggerà ella mai?... Son qui, chiuso, nascosto, nascostissimo, come un criminale, come un ladro, come un assassino, come colui che abbia commesso un orrendo delitto ed è fuggito in una tana, in una grotta, a celarsi e ad ogni momento crede di esser ritrovato e preso.... Oh Diana e che m'importa, mai, se in un'aggressione io muoia o muoia Montagu! Oh Diana, con che furore mi azzufferei, con costui, che io odio, che io detesto, come vorrei che ci azzuffassimo, ci mordessimo, ci strangolassimo, io, lui, morendo per voi! Ma che solo un'ombra funesta passi nel cielo della vostra vita, per me, o Diana, ma che un essere umano possa credervi colpevole, Diana, per me, ma che qualcuno possa minacciarvi, Diana, ciò mi fa un tale orrore e mi dà un tale terrore, che io non oso più escire, di qui, temendo che egli m'incontri, di nuovo.... pensando, sperando, che egli non mi abbia visto, non mi abbia riconosciuto, la prima volta.... pensando, sperando che egli non sappia niente, di me.... sperando, sperando, per voi sola. Diana, che tutto questo sia un mio orribile sogno.... e che voi siate serena.... e che nulla sia accaduto.... questo sperando, io sono qui, prigioniero del mio sgomento e della mia speranza.... e forse, è vana ogni mia speranza ed è giusto il mio sgomento, per voi, perchè, forse, voi soffrite, per me, o mio giglio immacolato, voi soffrite per *lui,* che vi tortura e io sono qui, impotente e vile.... io non so nulla, non so nulla, so che debbo restar nascosto, niente altro, quanto tempo, non lo so....

«Paolo».

«Ostenda, due settembre...

«Diana, la mia Diana, la mia povera cara Diana è partita da Ostenda, da cinque giorni, con suo marito, partita *il dì seguente* alla notte in cui egli mi ha scorto e riconosciuto nel salone della bisca. È con un'astuzia molto semplice e che mi è sorta in mente, solo dopo quattro mortali giorni di

47

prigionia, in convulsioni spasmodiche del mio cuore e dei miei nervi, che qualcuno, dal mio albergo, ha domandato notizie, dal telefono, al *Continental* di *sir* e di *lady* Montagu: astuzia così puerile e che mi è apparsa solo ieri, quando non ne potevo più, quando ero deciso a tentar tutto, a osar tutto, ad affrontar tutto, pur di sapere la sorte della mia povera cara creatura di amore, di Diana.... ed ecco, in un istante, io ho saputo che ella non è più qui, che, da cinque giorni, è partita con lui. Non altro. È una notizia, netta e breve, che mi ha placato di colpo e che ha liberato la mia volontà. Sono stato un vile a restar prigioniero, quattro giorni, in una stanzuccia di albergo: ma vile per lei, vile per salvarla, vile perchè ella fosse tranquilla. Ella è partita. Dove, come, perchè è partita *il dì seguente?* Dove è andata? Dove l'ha condotta? Ma, ecco, io sono calmo e sono libero. Io posso escire, circolare, partire, viaggiare, raggiungerti in capo al mondo, o Diana mia.... ovunque tu sia, o Creatura del mio sogno e del mio desiderio.... ovunque egli ti abbia condotta.... ovunque egli voglia tenerti, chiusa, lontana, egli, il rapitore, il carceriere, il carnefice, ovunque io possa incontrarlo e, infine, affrontarlo, affrontarlo, io che ho avuto lo scorno, l'onta di tremare, per lui, e di celarmi, per lui....

«Paolo».

«Ostenda, tre settembre...

«*Sir* Randolph Montagu e *lady* Diana, sua sposa, sono, appunto, partiti il ventinove agosto, a mezzodì, in una grande automobile da *tourisme:* faranno un grande giro in Olanda e, forse, anche in Germania. Non hanno lasciato indirizzo, al *Continental*, non conoscendo bene le tappe del loro itinerario. I loro servi, il domestico e la cameriera, sono partiti per l' Inghilterra, col grosso dei bagagli. *Questa partenza è stata improvvisa.* Tutto questo ho saputo io, personalmente, dalla bocca del *portier* dell'*hôtel Continental:* e null'altro, perchè null'altro sapeva quello che mi aveva informato. Sono escito, lentamente, dall'albergo, sul *boulevard*, sulla spiaggia, ove, ancora, con vivezza, con lietezza di gridi, brulicava la gente, brulicavano, sovra tutto, bimbi e bimbe, quasi ignudi nelle loro maglie da bagno, di colori forti: e mi è parso di vedere questo spettacolo la prima volta: e mi ha lasciato indifferente e inerte. Il mare del Nord aveva quel suo intenso color plumbeo: un sole piuttosto smorto vi batteva, sopra, senza mutarne le tinte: un grosso piroscafo nero si allontanava, fumando, verso le coste inglesi: inerte, atono, io considerava tutto questo che mi era estraneo e indifferente. Delle donne, in vesti ancora bianche, ancora chiare, andavano e venivano, rapide, sorridenti, ridenti, lungo il mare, battendo i tacchetti sul *pier:* dame, fanciulle, cortigiane. Qualcuna, credo, mi ha guardato e forse ha riso del mio volto di ebete e della mia goffa immobilità. Io son rimasto lì un'ora, molto più, senza più alcuna energia, senza più alcuna forza fisica, non sapendo più che cosa fare, che cosa pensare, che cosa decidere, dove andare.... Inerte: e inetto, inetto, così inetto a vivere....

«Paolo».

«Parigi, quindici ottobre...

«La duchessa Spinelli d'Arco mi ha fatto promettere, ieri sera, quando l'ho lasciata, che, oggi, sarei andato al *Bazar de charité,* ove ella vendeva, a uno dei *comptoirs* di beneficenza, per i poveri della colonia italiana. Con quel suo bel riso che tanto ringiovanisce la sua bocca impallidita, mostrandone i denti bianchissimi e intatti, ella mi ha detto: *È per i poveri italiani.... ma vi saranno delle belle italiane.* Maria Spinelli ha, sotto le vivaci forme mondane, un cuore molto sensibile: ogni tanto, ella rammenta di discendere da quella nobile fanciulla napoletana, un'altra Maria Spinelli, che la leggenda vuole si facesse monaca, non potendo sposare colui che amava, il Pergolesi, per contrasto dei suoi austeri parenti: ogni tanto, la pia e tenera leggenda della sua antenata, rende pensosa la duchessa d'Arco. Ed ella ha compreso, in questa mia più lunga e più solitaria dimora in Parigi, che una intima e pungente cura mi tenesse: nulla chiedendomi, quando io andava a trovarla, ella ha tentato, con bontà, con grazia, di distrarmi, di consolarmi, senza troppo insistere, così come si sfiora con man leggera una ferita mal cicatrizzata. Io nulla ho detto a Maria Spinelli, perchè il segreto che io porto, nel fondo dell'anima, che è tutto il mio cruccio, ma è, anche, tutta la mia vita interiore, non mi appartiene. Un nome vi è congiunto: e mai io debbo dichiararlo a persona viva. E nulla ho detto, perchè questo doloroso amore non può esser consolato che da una sola creatura vivente: solo da Colei che lo ispirò, senza dividerlo, purtroppo, mai. Neppure a Dio io chieggo conforto: secondo la fede dei miei padri, Egli vede e sa le mie sofferenze, ma io amo la donna altrui, io sono in peccato mortale e per esser assolto e perdonato, dovrei non amar più. Debbo e voglio, or dunque, tener per me il mio segreto: e ne ho formato e ne formo ogni mio pascolo sentimentale, sia esso fatto di lacrime, di assenzio e di cenere. Nessuno sa niente: nessuno deve saper niente.... Solamente, coloro che mi voglion bene, come la duchessa Spinelli d'Arco, cercano di togliermi alla mia profonda malinconia, con gli svaghi del mondo, se non con i roventi piaceri della febbrile vita parigina. Io sono andato, dunque, al *Bazar de charité,* per far trascorrere un pomeriggio, per far contenta Maria Spinelli e per cercare, come ella dice, graziosamente, le nostre belle italiane, fra tante belle straniere.... più belle, le nostre italiane.... assai più belle....

«.... Faustina de Chambrun, cioè quella che, in Roma, si è chiamata, per venti anni, Faustina Ottoboni e, dopo, per la sua bellezza, per il suo fascino, il conte di Chambrun si è innamorato follemente di lei, Chambrun, giovane, simpatico, brillante, che l'ha sposata e condotta via, a Parigi: Faustina, in tre anni, ha conquistato Parigi e la sua società, Faustina, *cette fleur de jeunesse et de beauté,* coi suoi grandi immensi occhi azzurri, sotto la fronte bianca, sotto l'onda dei capelli neri, con una bocca florida del suo ricco sangue giovanile e una persona perfetta di linee, Faustina, di una eleganza inimitabile, a Parigi, proprio a Parigi, Faustina, dal riso paradisiaco.... ma fra le brume della lontananza e del ricordo, io veggo delinearsi un volto candido appena colorito di roseo e due occhi oscuri, come le oscure viole del pensiero e una piccola bocca serrata e una tristezza orgogliosa.... Anche l'altra italiana, Carla Busca, la nobile lombarda, dai lunghi occhi d'Oriente, dal viso scarno, dalla criniera biondo rossastra, dall'alta persona ieratica, Carla Busca ora piena di fuoco e ora misteriosamente languida, Carla, originale, eccentrica, perversa, che era, lì, accanto alla contessa di Chambrun, che donna seducente.... ma io evoco e mi riappare innanzi ai nostalgici occhi della mente un puro volto liliale, un volto composto e nobile e il suo gran silenzio, che nulla interrompe, rende più avvincente tanta nobiltà e tanta purezza.... e la duchessa d'Arco, istessa, così rosea nella sua delicata carnagione di rosa d'inverno, sotto i suoi capelli bianchi come la neve, così squisita nel suo toccante appassimento.... ma io veggo, sì, veggo, come se fosse vivente, innanzi a me, il mio grande giglio candido, un fiore di castità e d'intimo profumo spirituale, Diana, Diana! La contessa di Chambrun e donna Carla Busca erano allo stesso *comptoir* vendendo dei merletti, dei ricami, dei galloni, delle ceramiche, delle maioliche, tutte cose d'Italia: una ricca folla ondeggiava, dovunque, in tutto il *Bazar de charité* e s'infoltiva, sovra tutto, innanzi al largo banco *des belles italiennes.* Mi sono fermato, un poco, a chiacchierare con Faustina Ottoboni, rammentandole Roma — ella sospira, tace, poi scuote il capo e ride, *ride in francese,* come ella dice: io ho comperato qualche cosa da donna Carla Busca, che odora sempre di santal, quando una terza donna, una fanciulla, uscendo di dietro il banco, mi ha offerto una statuina gialletta di Signa:

«— È donna Oliva Sforza, Paolo.... — ha detto subito Faustina, facendo la presentazione. — Vivina cara, costui è Paolo Ruffo, un italiano, di Roma, un amico....

«Donna Oliva Sforza ha subito sorriso e tutto il suo vezzoso volto di brunetta, di un ovale così aristocratico, si è irradiato di quel sorriso, mentre i suoi begli occhi neri, sotto le fini sovracciglia diritte, scintillavano. Ella mi ha steso una manina inguantata di bianco, come era vestita di bianco la sua persona, e ha stretto la mia mano francamente. I miei spiriti smarriti non m'han fatto parlare, immediatamente, ma Faustina ha coverto la mia confusione, soggiungendo:

«— Oliva è mia ospite: di passaggio, purtroppo....

«E si è allontanata, per portare in giro, in vendita, i suoi merletti di Abruzzi, i suoi ricami siciliani. Io ho potuto, allora, pronunciare delle parole banali e fredde:

«— Non rimane, qualche giorno, ancora, a Parigi, signorina Sforza?

«— Oh così poco, ancora! — ella ha esclamato, con un vivo rimpianto. — Ho visto quasi nulla, qui.... ho tanto desiderio di vedere....

«— Non conosceva Parigi?

«— Oh no! — ha trillato la voce cantante di Vivina Sforza. — Io sono una ignorantella: io non ero uscita da Perugia, sino alle nozze di mia sorella Diana....

«— Ah! — ho esclamato io, voltando il viso in là, per nascondere il mio pallore, il mio rossore.

«— Vado da lei, ora, in Inghilterra — Vivina ha soggiunto, lietamente. — E vedrò Londra.... e l'Inghilterra.... resto un mese, due mesi.... forse più.... con la mia bella Diana. Non conosce, signor Ruffo, mia sorella, la mia grande sorella?

«— .... di vista.... da lontano.... — ho risposto, con un soffio di voce.

«— Non l'ha incontrata, in Roma? Se sapesse quanto è bella! Ora è maritata, signor Ruffo, con un diplomatico, inglese: è *lady* Diana Montagu, la bella *lady* Diana Montagu....

«— Ed è felice, anche, di queste nozze, la sua grande sorella? — ho osato di chiedere alla cara e schietta fanciulla.

«— Felicissima! — ha esclamato con vivacità Vivina, con un moto leggero delle sue sovracciglia. — Che potrebbe desiderare di più? *Sir* Montagu è perfetto, con lei. — Un po' freddo, forse.... ma è inglese, comprende, signor Ruffo? Ripeto, è perfetto, con Diana....

«— ....ella la raggiunge, dunque, in Inghilterra?

«— Sì, a Montagu Castle, nel Sussex: è una provincia inglese, vicina a Londra. Ora, son forte in geografia inglese! Diana mia, la mia buona Diana, è un po' sola, da due settimane: e rimpiange l'Italia e la sua famiglia, si sa.... Montagu che vuole una migliore residenza di Vienna, non vi è tornato e ha chiesto di restare, qualche tempo, a Londra, al *Foreign Office:* così passa la settimana a Londra e rientra dal sabato al lunedì, a Montagu Castle. Lei conosce mio cognato?

«— Un poco.... di vista....

«— Ha molti anni — soggiunge, più lentamente, un po' pensosa, Vivina Sforza. — Ma li porta con eleganza.... son così eleganti, gli inglesi....

«— Le piacciono tanto, gli inglesi? Anche lei, ne sposerebbe uno? — ho l'audacia di dire a questa vezzosa fanciulla, con un accento affettuoso.

«Ella china gli occhi, pensa un istante, come scossa, e poi risponde, con un sorriso malizioso:

«— Per ora, nessuno mi vuole.... ma io preferirei sempre un italiano.

«— Meno male! — esclamo io.

«Ella tace, guardandomi fuggevolmente. Io compero non solo la statuina di Signa, ma un tappetino di Ciociaria, un covri-libro siciliano, da Oliva Sforza, la leggiadra sorella di Diana. Ella è così contenta! Ma io non oso parlarle più di nulla, non ho neppure il coraggio di chiedere alla contessa di Chambrun il permesso di andare a trovarla, per salutare Oliva Sforza, prima della sua partenza per l'Inghilterra. Forse la fanciulla l'attendeva, questa richiesta. Ma io avevo tanto, tanto bisogno di esser solo! Ho salutato le belle italiane, signore e fanciulle, senza dire altro: donna Oliva Sforza mi ha stretto la mano, un po' freddamente, pentita, forse, della sua improvvisa familiarità. Ma io volevo allontanarmi, fuggire. ... Poco distante, ho baciato la mano alla duchessa Spinelli d'Arco, la mia amica discreta e tenera:

«— Avete salutato Faustina e Carla? Avete conosciuto la leggiadrissima Vivina Sforza? Carina, non è vero?

«— Carina — ho ripetuto, automaticamente.

«— Quante fanciulle vi sono, che potrebbero far felice un uomo.... — ha soggiunto Maria Spinelli, pensosa. — Ma gli uomini non le sposano.

«— Non le sposano, è vero.... — ho ripetuto, ancora, come una eco.

«— Gli uomini sognano.... sognano.... — ha mormorato Maria Spinelli.

«— Sognano.... sì — ho replicato.

«E la ho lasciata, libero, infine, di esser solo, nella via, solo, in vettura, solo a casa mia, nella mia stanza, per raccogliere i miei pensieri, i miei sentimenti, per raccoglierli intorno a Colei, per cui, da un tempo infinito, incalcolabile, sei settimane, languivo e agonizzavo, in silenzio e in solitudine, nulla più sapendo del Mio Bene. Ed ecco che la mia dolorosa vigilia, che la mia trafiggente pazienza d'amore hanno avuto il loro compenso. Sul mio cammino deserto, verso me, è apparsa la incantevole Vivina Sforza e la sua fresca voce e la sua anima nuova, tutto mi han detto della mia Euridice e io, solo, qui, posso schiudere le porte del mio cuore, e lasciarne fuggire la pena e riempirlo, ancora, di nuovo, di una fulgida speranza....

«Paolo».

«Parigi, diciassette ottobre...

«Nel paese straniero ove voi dimorate, nella solitudine da cui siete circondata, vengano a interrompere il gran silenzio, che voi tanto amate, ma che, forse, talvolta, opprime e contrista il cuor vostro, Diana, Stella del mio cielo notturno, vengano queste mie lettere a portarvi la parola di un assente, di un lontano, di colui che una sera di agosto, in Ostenda, innanzi al gran mare nordico, nell'ombra, si è beato del vostro volto bianco nella notte, stella, stella mia, e, da allora non vi ha più riveduta, son giusto, questa sera, sette settimane, mai più, mai più, vi ho vista, stella Diana! Sono solo quattro lettere queste, ma quante egli ne ha scritte, in questa lunga serie di giorni pesanti, di giorni inutili e dopo averle serbate due o tre giorni, le ha rilette e scoraggiato, sfiduciato, profondamente deluso dall'assenza, dalla lontananza, dalla mancanza di vostre nuove, le ha lacerate. Ma voi immaginate quanto intenso e segreto dolore sgorgava in quelle lettere, che la sua stessa mano ha distrutte: lo immaginate, da queste lettere, in cui egli vi narra tutta la sua triste ventura, quando egli è fuggito vilmente, innanzi a *sir* Randolph Montagu, quando si è nascosto vilmente, per non farsi ritrovare da *sir* Montagu e tutto questo per salvar voi da qualunque periglio, da qualunque ingiuria, da qualunque sospetto: la sua triste ventura quando egli ha conosciuto la vostra improvvisa

51

partenza da Ostenda, verso l'Olanda, verso la Germania: la sua triste ventura, quando un dubbio mortale ha paralizzato ogni sua volontà, poichè egli non poteva, non doveva seguirvi, nel vostro viaggio errabondo, in città piccole, ove sarebbe stato subito visto, osservato, riconosciuto: la sua triste ventura quando in un'incertezza mortale, egli è venuto a Parigi, così, per andare in una vasta e tumultuosa metropoli, per andare in una grande città di passaggio, chi sa.... chi sa.... per andare in una città cosmopolita, ove, forse, avrebbe appreso qualche cosa.... chi sa.... per andare, infine, in un paese ove avesse potuto trovare un viso amico, una mano amica, in un paese, infine, ove egli avesse potuto isolarsi, fra l'alto rumore della folla e la febbre della vita. Ah l'amarezza dell'isolamento, che quotidiana bevanda e come egli l'ha assorbita tutta, a lunghi sorsi, in Parigi, sei settimane, in Parigi, non avendo conforto nè dalle inebbrianti vertigini parigine, nè da qualche volto affettuoso, nè dalla discreta parola carezzevole di Maria Spinelli, da nessuno, un conforto, Diana! Voi siete passata di qui: forse vi siete rimasta due giorni: ma io non l'ho saputo: ma io non vi ho incontrata.... sino a che, l'altro giorno, la dolce messaggera, Iride, vostra sorella, Vivina Sforza giovine e smagliante, come Iride, mi ha aperto delicatamente il cuore, con la gran notizia. Diana, ecco le quattro lettere ove ho narrata la mia misera storia, sette settimane senza voi, luce mia, aria mia, sole mio, come dicea la canzone di Lucerna, come dice la canzone di Napoli, misera storia di un uomo che non può vivere senza voi. Diana, le lettere che vi invio e che, sono certo, capiteranno nelle vostre mani, perchè io so i giorni in cui siete sola, a Montagu Castle, perchè io so che i mariti inglesi non si occupano delle corrispondenze delle loro mogli, me lo hanno detto tutti, tutti, queste lettere mi precedono di pochissimi giorni. So dove siete, so come vivete: non posso restare più qui; e i pochissimi giorni io li concedo, non alla mia prudenza ma all'amor mio istesso, per non giungervi innanzi d'improvviso. Diana, io parto per Londra: io cammino verso voi, passo per passo, per raggiungervi, come è mio destino, come è vostro destino: parto per Londra e dopo verrò anche nel Sussex, a Montagu Castle: ci verrò, ci vengo e non importa che *sir* Randolph Montagu mi vegga, mi riconosca, mi affronti, e mi provochi e mi uccida, giacchè questa è la mia sorte ed è anche la vostra sorte. Diana, io vengo verso voi, per rivedervi, perchè siete l'essenza della mia anima, perchè siete il sangue del mio cuore e non posso vivere senza voi ed è meglio morire, che vivere senza voi....

«Paolo».

«Londra, Piccadilly Hotel, venticinque ottobre…

«Diana, sono qui, da ieri sera, anelante, ansioso, da che ho lasciato Parigi. Appena la nave si è staccata dalle coste francesi, la mia esaltazione è cresciuta ed io ho attraversato la Manica, all'avanti della nave, per riconoscere subito le coste inglesi, fra le brume già fitte dell'autunno, e quando abbiamo toccato terra a Dover, mi sono precipitato nel treno, sono restato in piedi dietro i cristalli del mio vagone, guardando con occhi allucinati fuggire la campagna inglese, sotto i veli ondeggianti della nebbia, nell'ora crepuscolare, e il mio cuore batteva da rompersi, nel petto, quando io sono entrato in Londra e mi sono diretto a quest'albergo, nel centro della colossale città e sono penetrato nella mia stanza, al quarto piano: era come se vi dovessi incontrare, salutare, parlare, stringere la mano da un istante all'istante, e tremavo, tremavo.... Poi, lentamente, un gran freddo è disceso sul bruciore del mio sangue, un gran brivido è sopraggiunto a diradare la mia gioia. Un senso di novella delusione mi ha invaso. Sono qui. Niente altro. Voi siete nel Sussex, in un castello; poco lontano, ma infinitamente lontano: ma fra alte muraglie, forse, che vi chiudono; ma fra gli alberi folti di un parco profondo, alberi oscuri, alberi tetri, dei paesi nordici: ma prigioniera di tutto ciò, voi siete! Sono qui. Null'altro. E posso sino alla fine dei miei giorni, non vedervi mai più, luce degli occhi miei, aria del mio respiro, vita mia, vita mia!

«Paolo».

«Londra, ventisei ottobre...

«Diana, Diana, datemi un segno! Un segno purchè io sappia che siete viva, costà, a Montagu Castle: che sapete, ancora, che io son vivo: che sapete, ancora, come io vi adori; che avete ricevuto le mie ultime lettere da Ostenda, da Parigi, e, ieri, quelle da Londra: che io possa sperare di vedervi, qui, non so come, non so quando, ma che vi vedrò: che io possa trovare il giorno propizio, l'ora propizia, il momento propizio, in cui io possa anche tentar di vedervi, costà a Montagu Castle.... un segno, Diana! Un segno! un segno!

«Paolo».

«Londra, ventisette ottobre...

«È questo il segno, Diana? Possibile che sia questo il segno? Giacchè io ho incontrata, oggi, in Londra, Vivina Sforza, vostra sorella: oggi, un'ora fa, sul marciapiede a diritta, di *Regent Street*, ferma innanzi ad una vetrina di argenti. Era accompagnata da una signora anziana, vestita di scuro e dall'aria per bene, una *governess*, io credo. Stupito, commosso, ho rallentato il passo, cercando di non incontrarmi con vostra sorella. Ma ella si è volta improvvisamente, mi ha riconosciuto, e con la sua franca scioltezza, un po' arrossendo, un po' sorridendo, mi ha salutato, mi ha stretto la mano, quasi sembrandole naturale che io fossi in Londra.

«— Sono venuta a Londra per commissioni — mi ha spiegato presto, presto — ma ritorno fra un'ora a Montagu Castle.

«— È bello, Montagu Castle? — ho chiesto stupidamente, banalmente.

«— Stupendo! Una vera poesia.... — ha esclamato donna Vivina. — Perchè non viene a vederci? — Poi si è subito pentita: si è morsicato le labbra.

«— .... Debbo ripartire.... Non ho il bene di conoscere *lady* Montagu.... — ho soggiunto, con indifferenza.

«— Ah, è vero — ha detto lei senz'altro, pensosa, improvvisamente.

«Ci siamo salutati. Mi è parso che arrossisse di nuovo, un poco. È sparita con la muta *governess*. Diana, Diana, è questo il segno? Può essere, questo, il segno?

«Paolo».

«Londra, Piccadilly Hotel, ventotto ottobre...

53

«Questo elegantissimo magazzino di fiori freschi, che è a sinistra del portone di *Piccadilly Hotel*, ha la sua bella bottega che si apre anche nel vestibolo dell'albergo, perchè i viaggiatori possano fornirsi di fiori, offre, da che io sono qui, ai miei occhi distratti, lo spettacolo dei fiori più delicati e più ricchi, una meraviglia floreale raccolta in vezzosi mazzetti, in fini *branches* circondate di capelvenere, e nulla stupisce e incanta di più che questi magnifici fiori, in Londra, in autunno ... Essi hanno consolato la mia cura segreta, la mia sottile angoscia persistente, questi fiori: e oggi, oggi un'ora fa, essi mi hanno portato il segno, il vostro segno, Diana adorata, Diana celeste! O misterioso fluido dell'amore che mi ha condotto, un'ora fa, su questa terrazza coperta del *Piccadilly Hotel* ove si prende il *the*, si fuma, si guarda passare la folla incessante in Piccadilly, nei pomeriggi caldi di estate, nei pomeriggi tiepidi di autunno. Oggi faceva freddo: ma era una giornata di sole, era un *glorious day* inglese e sulla terrazza coperta, fra gli alberetti rotondi e scuri, che sorgono dai larghi vasi di terracotta, tutte le piccole tavole, lungo la balaustra di pietra, che dà sulla via, erano occupate, ed io ne ho occupata una, in fondo, tutto solo, avendo un po' freddo, ma penetrandomi dell'aria chiara, del cielo di un azzurro pallidissimo, ma libero, del sole di un biondo un po' smorto. Così, attraverso le masse dei pedoni che fluttuavano in Piccadilly street, attraverso le file che si rinnovavano, continuamente, delle automobili, degli *autobus*, dei *cabs*, ho visto giungere un'automobile e voi dentro di esso, voi, nella vostra sobria veste di un cupo azzurro, voi ricinta dalla grande sciarpa di ermellino, voi, sotto il bianco berretto di ermellino, voi, col vostro viso diventato cento volte più bello, cento volte più affascinante, voi, con la vostra regale persona, che si erge, con un gesto sovrano, voi, col vostro passo ritmico, armonioso, voi, che camminate come nessuna donna cammina, voi siete apparsa e discesa dalla vostra automobile, seguita dalla cara sorella, dalla leggiadra Vivina vostra, voi siete discesa e, nel discendere, i vostri oscuri occhi, così grandi, han cercato, sì, han cercato se io fossi sulla terrazza, come se lo sapeste, come se lo indovinaste; e dopo tanti innumerevoli giorni, i nostri sguardi si sono incontrati, di nuovo, si sono incontrati e uniti, mentre io mi sentivo morire di un'ebbrezza suprema: dopo un momento di esitazione, io vi ho visto penetrare, non nell'albergo, ma nella bottega del fioraio, insieme a Vivina, così carina nella sua breve giacchetta di pelliccia nera, sotto il suo berretto nero, un fiore di giovinezza, Vivina vostra, e voi, mia superba donna, voi, mia magnifica signora, voi, mia magnifica regina! Io ho scosso quella paralisi delle mie forze fisiche che, quasi sempre, m'impietra innanzi a voi, mi sono precipitato per le scale dell'albergo, palpitando e fremendo, e son giunto nel vestibolo e son restato fermo, presso un tavolino, ove la gente si ferma ad aspettare od a scrivere, fermo con gli occhi fissi sul cristallo di quella porta del fioraio, che dà sul vestibolo di *Piccadilly Hotel*. Confusamente, io vedevo la vostra figura, tutta vestita di un bruno azzurro, ma avvolta, in alto, nell'ermellino bianco, volgermi un po' le spalle, curvandosi sui fiori disposti sul banco, come cercando, come scegliendo, e trepidavo, stretto alla gola da un nodo di spasimo, di voluttà, di speranza. La porta del fioraio si è schiusa; avanti, è apparsa Vivina, portando nelle braccia un grande fascio di orchidee stupende; più indietro, voi, portando dei fasci di rose, rose bianche, rose rosse, fiori mirabili venuti da Nizza, dal Cairo, non so, fiori mirabili, che Vivina teneva leggermente e che voi stringevate sul petto, sul candore dell'ermellino e le rose vi lambivano il volto. Vivina mi ha visto, e si è arrestata, un istante: il suo bel volto si è colorato di quel gentile rossore di quando ella mi vede; e con un sorriso grazioso ha risposto al mio profondo saluto. Eravate più indietro, voi, ma mi guardavate e mi avete salutato con la testa e per la prima volta, la prima volta, la prima volta, ho visto volare, per un secondo, il sorriso sulla vostra bella bocca. Come un lieve baleno di luce, come il battito di un'ala, tale sorriso: e nell'emozione invincibile, che mi ha fatto struggere di dolcezza, voi siete uscita nella via, siete salita in automobile con Vivina, siete sparita. Questo è un giorno memorabile, Diana. Io debbo ricordarlo, e se l'anima mia vivrà oltre la tomba, lo ricorderà ancora: voi mi avete sorriso. Io mi prostro e bacio il lembo della vostra veste. Voi mi avete dato il segno, voi siete venuta: voi mi avete salutato, voi mi avete sorriso. Io mi prostro, come innanzi a Dio, e benedico il giorno in cui voi siete nata, e l'ora in cui vi ho udita cantare nella sera di primavera, e benedico tutto il mio dolore e ogni mia lacrima, e mi prostro, mi prostro, mi prostro....

«Paolo Ruffo».

«Sherborne (Sussex), tre novembre...

«Il veroncello della mia stanza, in questo lindo piccolo albergo della *Rosa di York*, è circondato, quasi nascosto dalla folta verdura delle piante rampicanti, che salgono dal florido giardino dell'albergo, lungo la facciata, che ne nascondono il color rosso di mattone stinto e che formano delle cornici fresche, alle finestre e ai balconi. Non debbo escir fuori, sul veroncello, nè appoggiarmi alla balaustra antica, di legno di quercia, per poter scorgere, alla mia destra, in fondo, in alto, non vicino ma non lontano, visibile bene ai miei occhi acuti, Montagu Castle, che si erge, sulla collina e il suo parco di olmi e di faggi, di un verde intenso, sale a celarlo, in parte. Qui, sotto i miei occhi, il paese di Sherborne si distende, con le sue vie un po' arcaiche, con le sue case dello stile di Elisabetta, la Vergine Rossa, ma con le sue industrie e i suoi commerci agricoli, in continuo fervore: e la *Rosa di York* vede andar e venire mercanti e agricoltori e commessi viaggiatori, nessuno trattenersi troppo e tutti discorrere di affari e di contrattazioni, nel salone terreno, innanzi a grandi tazze di *ale*. Io ho scoverto Sherborne, Diana! Esso è dirimpetto a Montagu Castle, ma fuori di ogni vostro contatto, fuori di ogni vostro cammino: ma per andare a Londra, in automobile, voi dovete passare da vie opposte, ma per giungere da Londra, in automobile, *sir* Randolph Montagu deve prendere tutt'altra via: e la stazione di Sherborne è sovra una linea secondaria, che non ha rapporti con Montagu Castle: e Montagu Castle ha la sua stazione di Bordon Camp, dall'altra parte, sovra una grande linea. Ho scoverto Sherborne, io, Diana, io, il temerario, io, l'audace vostro innamorato, che non ho potuto pazientare un giorno solo, a Londra, dopo avervi visto uscire dalla bottega del fioraio, in Piccadilly, ove le rose lambivano il vostro viso e un sorriso lievissimo è apparso e scomparso con un balenìo soave, sulla vostra bocca! Oh ma io sono stato prudentissimo, astutissimo, nel mio delirio di raggiungervi, Diana, di venire, nel Sussex, in questa grande e verde e poetica campagna inglese, presso a Montagu Castle, io ho avuto delle finezze di poliziotto, io, il folle innamorato e ho saputo, certamente, le consuetudini di *sir* Randolph Montagu, a Londra, le sue ore di lavoro, al *Foreign Office* e la stanza di *bachelor* che occupa, per cinque giorni della settimana, al *Wellington club*, al suo antico *club* e l'ora in cui parte, il sabato, nel pomeriggio, per Montagu Castle e l'ora in cui ritorna, il lunedì, a Londra.... tutto io so, minuziosamente, come se fossi un uomo ragionevole e calmo e non un pazzo di amore, per voi, Diana Sforza! E ho studiato, io, come se fossi un geografo, come se fossi uno stratega, tutta la carta del Sussex.... oh amor mio, con quanta profonda attenzione, per potermi appressare alla mia Divina Donna, per esserle vicino, per respirare ove Ella respira e non essere scorto e non essere scoperto! Una notte intiera, ho trascorso, in questo studio acuto, comparando la carta e le sue linee e i nomi dei suoi paesi, con la rete dei treni inglesi.... una notte intiera e ho trovato Sherborne, qui, qui, Sherborne che era, per me, il paese ideale e sono venuto a Sherborne e Sherborne mi tiene.... Dalla soglia del mio veroncello fiorito, aguzzando gli occhi, io intravvedo le vostre grandi finestre, in alto, oltre le cime degli olmi e dei faggi, in alto, non molto lontano, ma da un'altra parte: e il mio occhialino mi riavvicina a Montagu Castle e a voi, Creatura del mio amore, come se mi foste presente, accanto. Qui, all'alberghetto della *Rosa di York* mi han chiesto solo il mio nome e se contavo restare qualche giorno, con quella parsimonia cortese di domande tutta britannica, quella parsimonia che tanto conviene a me e al segreto della mia vita. Io mi chiamo, a Sherborne, come a Ostenda, Giorgio Costa, dal nome di mia madre, Giorgina Costa: ho detto che mi trattenevo una settimana. E tutti sono freddamente gentili con me e il domestico mi serve con tacita premura e io non chiedo di più. Quanto son temerario, non è vero, non è vero, Diana? Nè voi, Anima cara, nè *sir* Randolph

Montagu, venite, verrete, dovete venire, da queste parti: Sherborne esiste, ma non vi riguarda: voi non conoscete, non conoscerete nè le vie di questo paese, nè la *Rosa di York,* nè lo strano e muto viaggiatore italiano che vi è giunto, ieri sera, che parla le sue poche, pochissime parole inglesi con un accento esotico e preferisce tacere, che non è nè un mercatante, nè un *farmer,* nè un commesso viaggiatore, che non esce dall'albergo, che passa la sua giornata nella sua stanza.... Dal veroncello suo si scorge un piccolo lago bigio chiaro di Montagu Castle, fra gli alberi del suo parco.... Temerario, temerario, poichè oggi, domani, il Caso, l'Occasione, possono rovesciare e distruggere l'edificio mio leggero.... poichè oggi, domani, *qualcuno* mi vedrà, io lo sento, in fondo al mio spirito, ma sono qui, alla mia vedetta, guardando le muraglie del vostro castello, le vostre grandi finestre e vivo di tutto questo e senza tutto questo, morrei....

«Paolo Ruffo».

«Sherborne (Sussex), quattro novembre...

«È sabato sera, Diana. Tutte le finestre di Montagu Castle sono illuminate: io ne scovro quattro al secondo piano, due al primo. *Sir* Randolph Montagu è, certamente, giunto da Londra, qualche ora fa, per il suo *week end* in famiglia. Avrà portato seco degli amici, come fa, quasi sempre. Vi è gran pranzo, dunque, da voi: e, dopo, mentre gli uomini maturi fumano e bevono, Voi e Vivina farete musica, o canterete, per i giovani, credo.... o Diana, mi struggo di amore, di tristezza, di desiderio e di gelosia, qui, solo, solo, in una stanzetta di alberguccio, in un paesetto d'Inghilterra, fissando freneticamente le vostre finestre splendenti col mio occhialino e gli occhi mi si abbagliano. Mi struggo di amore e di gelosia, Diana....

«Paolo».

«Sherborne (Sussex), cinque novembre...

«Stamane, domenica, la *maid* dell'albergo, prima di portare via il vassoio del mio caffè e latte, mi ha domandato discretamente se io, essendo italiano, ero cattolico. Ho risposto di sì, un po' sorpreso: ed ella, sempre con parole discrete e semplici, ha subito soggiunto che vi era, nelle vicinanze, una chiesetta cattolica, s'io volevo recarmi alle funzioni domenicali. Il *boy* dell'albergo era pronto ad accompagnarmici. Ho ringraziato: ho detto che mi sarei deciso, più tardi. E una sorda agitazione mi ha tormentato, da quell'istante. Una cappella cattolica, poco lontana, una cappella della *mia,* della *nostra* religione, Diana! Una cappella cattolica e voi siete restata tale, Diana! E voi, forse, stamane andrete a messa, colà, qua, nelle vicinanze, con Vivina, andrete, forse, Vivina è cattolica come voi, con lei, andrete e senza *sir* Montagu che è protestante? Andrete. ... andrete? Che pensare, che credere, che decidere? Potrei vedervi, sola, *senza lui,* in chiesa? Potrei incontrarvi sulla porta della chiesa e darvi l'acqua benedetta? E Vivina, Vivina, che direbbe? Potrei nascondermi, forse, dietro una siepe, fra gli alberi e vedervi passare, al ritorno? Ma vi andrete? E non vi accompagneranno altri? Non so, non so.... non so niente.... non posso saper niente.... non posso far niente.... debbo torturarmi, qui, innanzi a questa carta, che vi giungerà solo domani e il tempo fugge e fugge l'occasione bella....

«Paolo».

«Sherborne, cinque novembre...

«Diana, è sera. Ritorno dalla cappella del Redentore, dove sono andato nel pomeriggio condottovi da un ragazzo dell'albergo, Joe, un *boy* simpatico e svelto. Un'ora di strada, a piedi, da Sherborne, dalla *Rosa di York:* fra grandi boschetti di faggi e larghe praterie su cui ondeggiava in quest'ora crepuscolare una nebbia sottile, fredda e penetrante. La cappella era aperta, per i vespri domenicali: è alle porte di Barnes, come sapete, e a Barnes, vi sono, per un caso strano, delle famiglie cattoliche. Si pregava, in chiesa. Delle vecchie donne, delle ragazze, dei bimbi, rispondevano alle preghiere del prete, sull'altare: poi, hanno detto il rosario. Voi non vi eravate, Diana. *Ma vi eravate stata, stamane;* lo so, l'ho saputo. E mi consumo talmente dal desiderio di vedervi, che non ho potuto resistere e sono andato, alla cappella del Redentore, dove voi avete inteso la messa e pregato, stamane, quasi per riconoscere la vostra presenza, quasi per ritrovare la vostra traccia, quasi per sentire, nell'aria, per vedere, nell'aria, qualche poco del vostro fluido, Diana.... Vi sono andato, a piedi, e vi sono rimasto mezz'ora: ho preso l'acqua benedetta, dove forse la vostre dita si sono immerse: mi sono inginocchiato innanzi al banco signorile, che porta lo stemma della città di Barnes, chi sa, forse, colà, vi siete inginocchiata anche voi: ho cercato di raccogliermi, celando il viso nelle mie mani, ho cercato di pregare, ma è la vostra figura che mi è apparsa, con tutte le sue grazie, è il vostro volto che mi è apparso, con tutte le sue seduzioni, sono stati i vostri oscuri occhi così tristi e così fieri, che mi han guardato, con soavità, a Londra, è stata la vostra florida bocca su cui ho visto alitare un sorriso, a Londra. ... oh io vorrei morire, di gioia, di ebbrezza, per un bacio di quella bocca.... A testa bassa, nell'ombra, nel freddo, sono tornato a Sherborne, col *boy* che correva allegramente innanzi a me, ma io vedevo quegli occhi, nella nebbia della sera, io vedevo quella bocca, innanzi a me.... Oh Diana, morire per un bacio! Splende di lumi Montagu Castle: e io deliro, qui, verso un vostro bacio, mia donna, mia donna che siete di altri: deliro e non so che sarà di me e di voi, forse, di voi, in questo mio delirio....

«Paolo».

«Sherborne, sette novembre...

«È notte. Io rientro nella mia stanza dell'albergo, tenuemente illuminata da una lampada velata, resa tiepida dal buon fuoco di legno, che arde sotto la cenere del mio caminetto. Io tremo di freddo e di stanchezza.... Io ho passata tutta la sera, nell'oscurità, sotto gli alberi di Montagu Castle, aggirandomi nel vostro parco, venendo quasi, temerario, pazzo che sono, a sfiorare le mura del vostro castello, quasi a farmi divorare dai vostri grossi cani di guardia che, per fortuna, eran legati nelle loro cucce di legno e ringhiavano. È martedì, *sir* Randolph è a Londra; lo so, lo sapevo, stamane, e da due giorni premeditavo di venire, costà, di penetrare, costà, di giungere sino alla vostra dimora, di toccarne la soglia e di varcarla, sì, di varcarla, forse, chi sa.... Lo premeditavo così profondamente, che null'altro pensiero ho avuto, per due giorni, che varcare la distanza lunga che divide Sherborne da Montagu, scendendo nella valle e risalendola, verso il castello, che introdurmi nel vostro parco, il quale non è cintato, il quale confina con la campagna aperta, con i suoi filari di alberi e le sue siepi facili a scavalcare.... Sono partito alle cinque di sera, dicendo che andavo a Barnes e che sarei tornato tardi, nella sera: è mezzanotte e io ho camminato quasi sempre, per queste sette ore, appressandomi a voi, aggirandomi intorno a voi, sempre più avvicinandomi a voi, per queste grandi vie di campagna, ma deserte e gelide, nella notte, per i larghi sentieri del vostro vasto parco, pieno di ombre nei posti più lontani, qua e là illuminato, presso il castello. Sette ore, Diana, ho camminato, sono stato in piedi, non sentendo il freddo della notte, respirando la nebbia, trovando la mia strada miracolosamente, giungendo fin quasi alla vostra porta.... Non avete udito i vostri cani? Qualcuno deve averli uditi abbaiare fortemente, per poco: poi, ringhiare a lungo. Io mi sono allontanato, cautamente, come ero giunto: ma non sono partito, sono rimasto sino a tardi, andando di qua e di là, non sapendo allontanarmi.... Ad uno ad uno si sono spenti tutti i lumi nel castello ed esso è diventato un'ombra nell'ombra: io sono partito, lentamente, voltandomi ancora, nella notte, a guardare quelle mura di pietra, ove voi siete chiusa.... Ho camminato, ho camminato tanto, per tornare, qui; ho perduto due volte la mia via, nella oscurità, e sono giunto, stanco, stanco morto, in questa mia camera, così confortevole, con la sua luce tenue, col suo tepore: ma ho un freddo che mi fa battere i denti, malgrado il grande ceppo che ho messo nel caminetto e che arde, arde: ma ho una tale stanchezza che non posso levarmi da questo seggiolone, per mettermi a letto. Sette ore, Diana, sette ore, nella notte, nella campagna, nel parco, sotto il castello dei Montagu, come un pezzente, come un ladro.... oh che gelo, nelle mie ossa e nel mio cuore, Diana!...

«Paolo».

«Sherborne, otto novembre...

«Quello che io temevo, con presago cuore, è accaduto. Stamane, alle undici, in Sherborne, mentre io esciva, dall' ufficio postale ove era andato a impostare, per voi, l'ultima mia lettera, ho incontrata donna Vivina Sforza, vostra sorella. Essa era in un *buggy* e guidava lei un vispo cavallino, avendo accanto un *groom:* io l'ho vista giungere di lontano, dall'altro capo della via e mi son fermato, incapace di fare un passo, più, per rientrare nell' ufficio postale, per nascondermi: ho sperato che procedesse innanzi, col suo carrozzino, al passo rapido del cavallino. Ma ella, invece, si è fermata davanti al magazzino di merletti inglesi, che è accanto alla Posta, ha gittato le redini al *groom* ed è discesa prestamente. Allora, mi ha visto. Oh Diana, i suoi occhi si sono spalancati per una sorpresa grandissima: e il suo volto si è trascolorato. Perplesso, smarrito, io non ho fatto che salutarla: ella mi ha reso il saluto, con uno smarrimento forse maggiore del mio.... Diana, perchè vostra sorella impallidisce o arrossisce, vedendomi? Perchè non le sono indifferente? *Sa chi sono? Sa chi sono?* Lo sa? Lo sa? Vostra sorella? Glielo avete detto? Ha trovato, ha visto qualche mia lettera? Ha indovinato qualche cosa? Perchè mi guarda così stranamente? Perchè muta di colore? Mi odia, forse, perchè io insidio la vostra pace? È una egoista, Vivina? È una perfida? È una stupida? Perdonatemi, perdonatemi, ma l'incontro di stamane mi ha sconvolto, perchè io non conosco Vivina, non so il suo animo, non posso apprezzare il suo carattere e i suoi sentimenti. Che avrà pensato, vedendomi a Londra, ove non aspettava d'incontrarmi? E, qui, a Sherborne, a Sherborne, in un piccolo paese d'Inghilterra, *dove non vi è nessuna scusa, perchè io vi sia* e non vi è che una sola ragione, l'amore? Che avrà pensato? Si è dominata, poi, stamane ed è entrata nel magazzino dei merletti inglesi, ove è restata un po': nel suo *buggy* mi ha raggiunto, mi ha sorpassato verso la fine della grande via: andava più lentamente: si è voltata a guardarmi, con un'occhiata lunga, scrutatrice, mi ha salutato con un cenno vago, della testa. Che farà, che dirà, Vivina, di me, a Sherborne? È capace di denunziarmi, di denunziarvi, Vivina, a vostro marito? È una traditrice, Vivina?

58

«Paolo».

«Sherborne, nove novembre...

«Diana, Diana, perchè non vi vedo, mai, mai, da una settimana che sono qui e voi lo sapete? Perchè restate chiusa nel vostro castello e nel vostro parco, ove io ho osato penetrare solo una notte e non oserei, mai, di giorno? Perchè non uscite, non passeggiate, non circolate, in vettura, in automobile, in treno? Da due giorni, senza freno, io vi cerco su tutte le vie che circondano Montagu Castle, avvicinandomi per quanto io più possa, io vi cerco a Sherborne e a Barnes, chi sa, chi sa, come Vivina, vi foste, io vi cerco nelle due stazioni di Kettering e di Granville per cui si parte, per Londra, io son tornato alla cappella del Redentore, presso Barnes, ma era chiusa, poichè essa si apre solo la domenica. Dove siete? Che fate? Vivete? Vivete? Io non so più se siate una creatura vivente, io dubito di me, dei miei occhi, della mia ragione, della mia anima, in alcuni momenti, non so se siate mai esistita, poichè non vi vedo più! Diana, da sette mesi vi amo, vi scrivo, vi seguo: da sette mesi non ho più nè patria, nè casa, nè famiglia, per voi: da sette mesi sono un pellegrino d'amore, un vagabondo d'amore, un mendico di amore: e sono in fondo a un paese ignoto, obbliato, fra gente di un'altra razza, di un'altra lingua, di un'altra fede.... e voi, voi, non mi avete mai corrisposto, non avete mai risposto alle mie lettere, le più ardenti e le più umili, voi ora, in questa mia tappa fra le più bizzarre e le più dolenti, vi serrate nel vostro silenzio e nel vostro orgoglio, più che mai, vi celate nella vostra dimora patrizia, vi nascondete in consuetudini che io ignoro, mi sfuggite, mi sfuggite, come non mai, perchè, perchè Diana, non vi vedo, non vi posso vedere, anche da lontano, anche in un'apparizione fugacissima? Oh Diana, Diana, che orgoglio, che indifferenza, che gelo, nella vostr'anima!

«Paolo».

«Sherborne, dieci novembre...

«Dall'alba, piove dirottamente. Un velo fitto di pioggia chiude questa piccola casa della *Rosa di York* e la divide dalle altre di Sherborne, anch'esse scomparse dietro la pioggia, dentro la pioggia. Fa freddo; fa umido; il cielo è basso, con le sue nuvole grosse, pesanti e oscure, da cui la pioggia cade, rapida, folta, battente, con scroscio forte ed eguale, da quattr'ore. Io sono qui, nella mia stanzetta ove arde, sempre, il mio buon fuoco di legna secche e fragranti, unico conforto delle mie vene gelate, del mio cuore gelido: quando respiro, il fiato che esce dalla mia bocca diventa una nuvoletta lieve di vapore. Qui dentro, sono prigioniero della pioggia: poichè invano, da stamane, io tento di scorgere, dai cristalli del mio balconcino circondato di verdura, le linee, almeno le linee di Montagu Castle. Neppure le linee, Diana, io ne posso vedere, a malinconico e sterile conforto della mia desolazione, in questa giornata di prigionìa. Montagu Castle è sparito dal Sussex, dall'Inghilterra, dal mondo: Montagu Castle non esiste. Che farò, io, con la mia povera anima solitaria, con il mio povero cuore deserto, ove il mio amore è un lago nero, senza onde e senza riflessi, che farò io, carcerato, oggi, con la mia anima dolente, col mio cuore dolente, con il mio amore senza speranza e senza più forza di nulla desiderare? Che sarà di me, in questa giornata tetra, cupa, fredda, in questa stanza in cui l'aria si aggrava e in cui son solo, lontano dal mio paese, dalla

59

mia famiglia, da Lisa mia? E voi, Diana, che fate voi, a Montagu Castle, il castello fantasma, su cui più greve si abbassa il cielo pesante di nuvole, a cui la pioggia, intorno, mette un cerchio fatato, fatale che lo chiude? Come vivete voi questa giornata orrenda, voi che siete, come me, del paese ove un sole di oro scintilla in un cielo azzurro? Avete acceso un immenso fuoco nei vasti caminetti di pietra? Si fa tiepida ma quasi irrespirabile, l'aria, intorno a voi? E che fate? Che fate per voi, per chi è con voi, per far trascorrere l'orribile giornata? Pensate, leggete, fate musica, cantate? Cantate, forse? Ah quella voce, quella voce sonora, grave, toccante, perchè ho dovuto udirla, in Roma, la voce che chiamava Euridice, il suo bene perduto, quella voce penetrante di ardore, di passione, perchè ho dovuto udirla, quando diceva che Ninetta dormiva.... che Ninetta era morta...? Ah non avessi mai udito voi cantare, Diana, che mi avete fatto bere un filtro possente, nella vostra voce.... Diana, che siete Isotta.... e almeno Tristano fu amato, fu amato....

«Paolo».

«Sherborne, dieci novembre...

«La campagna e i paesi e i borghi, stamane, si sono risvegliati in un immenso flutto di nebbia. Non piove più, da ieri sera: ma le nuvole si sono trasformate in un mare di nebbia, dentro il quale salgono, a renderlo più denso, i fumi e i vapori della terra bagnata. L'aria è bigia: la luce è bigia. Non si ode un rumore. Non si ode un passo, non si vede un'ombra. Ieri, prigioniero della pioggia: oggi, prigioniero della nebbia. E questa, mi si è detto, può durare settimane e mesi. Diana, sono stanco, triste, malato: una pungente nostalgia mi trafigge, della mia patria, di coloro che mi amano, laggiù, da cui io sono lontano, ed essi non sanno la mia ventura. E ogni mia stanchezza, ogni mio male, ogni mia nostalgia, sarebbero guariti dal balsamo sublime dell'amor vostro, o Donna: e ogni mio morbo dell'anima e del corpo si sanerebbe, solo che la vostra divina presenza mi fosse concessa. Ma voi non mi amate, non mi volete amare, non mi potete amare: ma, voi, da che io sono qui, in un paesello inglese, struggendomi di vano desiderio, struggendomi d'inutile ansietà e ora, consumandomi in un languore mortale, non avete più voluto apparirmi e io ne ignoro la causa e tutto è mistero.... Oh che nostalgia di amore è quella di cui io soffro, Diana, e non posso più reggere senza l'amor vostro e non so più vivere senza il vostro viso e sono stanco di una invincibile stanchezza, sono triste di una tristezza infinita e malato, infine, malato di solitudine, di miseria morale, di disdegno vostro, di abbandono vostro....

«Paolo».

«Sherborne, undici novembre...

«Mando questo biglietto a mano, a Montagu Castle, per lo svelto boy dell'alberghetto. Lascerà il biglietto per voi, senza dire donde proviene. Non posso attendere che la posta ve lo porti, domattina. Non posso! Voglio pregarvi oggi, in ginocchio, perchè veniate domattina alla messa, alla cappella del Redentore, presso Barnes. Ve ne scongiuro, per tutti i vostri morti, Diana: per tutti quelli che amate, sulla terra, Diana: per la nostra patria lontana: per lo stesso nostro paese: per tutto quello che ci unisce, di razza, di sangue, di sentimenti, di costumanze; Diana, venite, domattina, alla chiesa. Non posso più continuare a vivere, senza vedervi: non posso! Mi nasconderò dietro il boschetto di olmi, sul limitare della via che va a Barnes: nessuno mi scorgerà. Io vi vedrò passare: non altro, Diana, perchè io viva! Fatemi vivere, Diana! A domattina, Diana, per carità di un uomo

60

che vi ama e che non può seguitare a vivere, così, senza il sorso d'acqua della vostra presenza, un istante, un istante solo....

«Paolo».

«Sherborne, dodici novembre...

«Non siete venuta alla messa. Vivina è venuta. E quando, da dietro agli alberi folti ove io mi ero celato, ho veduto giungere il *buggy* che ella guida ed ella discendere sola, lasciando le redini al suo *groom*, e penetrare, sola, nella chiesa, non ho avuto più nessun ritegno e sono entrato io stesso, in chiesa, liberamente, come un uomo che non ha nulla da temere. Vivina era molto avanti, nella cappella, presso l' altar maggiore, inginocchiata innanzi a quel banco signorile, di legno, col capo curvo sul suo libro di preghiere. Io era molto indietro, in piedi, appoggiato a uno dei pilastri che sostengono la loggetta dell'organo. E non mi sono raccolto nella preghiera o nella meditazione: non ho udita una sola parola del sacerdote: e i suoi gesti mi sono parsi lenti e fastidiosi. Fremevo, dentro, di dolore, di collera, sì, anche di collera, perchè voi non siete venuta, in chiesa: e fremevo d'impazienza, anche, perchè finita la messa, io potessi avvicinarmi a Vivina Sforza e parlarle e interrogarla, non sapendo più resistere a tanto mistero, a tanto silenzio, a tanto abbandono. Ella non mi ha visto, prima: e ha pregato, intensamente, mi è parso, con quella vera pietà religiosa che è nelle anime giovani. Si è creduta sola, fra inglesi della sua religione, ma non della sua razza e si è data alla preghiera, tutto il tempo della messa e anche un poco dopo. Ha fatto un largo segno di croce, salutando l' altare e si è avviata alla porta. Sulla soglia, di fianco, io l'aspettava. Ella era in penombra: non ho potuto scorgere il suo viso: ma mi è parso che ella facesse un moto, indietro, vedendomi. Forse, per la sorpresa. Io l' ho salutata, le ho steso la mano: un istante, ella ha lasciata la sua, nella mia, molle e, mi è parsa, un po' tremante. Ma essa sorrideva, con un caro sorriso di bontà e di lietezza: e restava, in piedi, presso me, sorridendomi.

«— Tempo inglese, donna Vivina! — ho detto io, facendo un gran sforzo, per sorridere, per parlare.

«— Brutto, brutto! — ha esclamato Vivina, con una smorfia. — E pensare che durerà molto.... chi sa quanto....

«— Lei rimane, ancora, a Montagu Castle? — ho domandato, io, con una cortesia fredda.

«— Sì, ancora tre settimane — ella ha risposto, guardandomi un poco. — Dopo, parto per l'Italia: ho la sorellina Anna, sola e i fratelli....

«— A Roma, non è vero, donna Vivina?

«— Oh non a Roma! — ella ha esclamato, malinconicamente. — A Perugia, ove è casa nostra.... non a Roma.... purtroppo....

«— Perugia è assai bella.... — ho soggiunto io, vagamente.

«— Conosce? Conosce Perugia? — m' ha chiesto, con ansietà gentile.

«— Un poco....

«— Vi ritornerebbe? Vi ritornerà? — m' ha chiesto, precipitosamente. Poi se ne è pentita: ha arrossito: ha chinato gli occhi.

«— Vi ritornerò, certo.... più tardi — ho detto io, sempre freddo.

61

«— Resta in Inghilterra? — ella ha chiesto, timidamente.

«— No: parto — ho soggiunto senz'altro.

«— Ah! — ha esclamato lei, a bassa voce, come se non osasse chiedere altro.

«E, vedendo che il colloquio cadeva, non ho saputo contenermi.

«— *Lady* Montagu sta bene?

«— Dice di star bene mia sorella: ma a me, non pare.... — ha mormorato la fanciulla, come se parlasse a sè stessa. — Non vuol confessarlo: ma il clima le fa male.

«— Perchè non vuol confessarlo? — ho insistito io.

«— Per non dispiacere a suo marito, *sir* Randolph, che è inglesissimo e adora naturalmente il suo paese.

«— *Lady* Montagu ama molto suo marito?— ho osato chiedere io, senza pentirmi dell'audace inchiesta.

«Un po' pensosa, ma semplicemente, Vivina Sforza mi ha risposto:

«— È una donna di grande virtù, mia sorella. Sono certa che essa rispetta profondamente *sir* Montagu.

«— Egli lo merita — ho detto io, a denti stretti.

«— Sì. Stamane, ella non è venuta a messa, per non dargli noia. Egli la lascia libera, molto, nella sua religione.... Ma qui, Diana, per delicatezza.... si astiene un poco.... comprende, Ruffo? In Italia, è altra cosa....

«— E quando verrà, in Italia, *lady* Montagu? — ho chiesto io, insistendo.

«— Chi sa.... chi sa.... — ha mormorato Vivina, sempre più pensosa.

«Tutti si erano allontanati dalla chiesetta, per diverse vie: lo spiazzale erboso era deserto. Restavamo soli, Vivina ed io, col *groom* che teneva pel morso il cavallino del *buggy,* il quale scalpitava. E, a un tratto, Vivina mi ha detto, come se non potesse più frenarsi:

«— Avrei tanto voluto presentarla, Ruffo, a mia sorella.... far fare loro una buona conoscenza.... non ho potuto.... che peccato!

«Ed ha taciuto, subito dopo, guardandomi coi suoi begli occhi dolci e lieti.

«— Sarà per un'altra volta.... — ho mormorato io, a bassa voce.

«— Speriamo.... in Italia.... ci rivedremo, non è vero, in Italia, nel paese nostro? — ella mi ha chiesto, con una sincera ansietà, stringendomi la mano, accingendosi ad andarsene.

«— In Italia: certamente — le ho risposto, con accento più fermo.

«Ella è salita in *buggy* più vivamente. Prima di partire, sorridendomi deliziosamente, mi ha gittato un bocciuolo di rosa che aveva all'occhiello della giacchetta e ha detto, frustando il cavallino, partendo: — ....ricordo di una italiana!

. . . .

«Diana, *donna di grande virtù;* Diana, che non avete voluto conoscermi; Diana, che non avete avuto pietà di me; Diana, che rispettate profondamente *sir* Montagu e, quindi, disdegnate l'amor mio, io penso di partire. Non andrò via, domattina, per non incontrarmi col vostro sposo, che rientra a Londra. Partirò domani sera. Mi sento assai debole nelle forze fisiche, perchè, forse, a me, come a voi, questo clima fa male: ma la mia volontà è forte e ferma. Vado via. Sarò a Londra, a mezzanotte, domani sera. Dopo, non so. Forse avrò bisogno di riposo, perchè questi giorni pesanti, odiosi, del

Sussex mi hanno estenuato. A volte, ho qualche vertigine. Ho vissuto male, nove giorni. Sovra tutto, non vi ho vista. Sovra tutto, voi non mi amate. Sovra tutto, non mi amerete mai. La vostra virtù è così alta, che rinnega l'amore e rinnega la vita. Oh nobile donna, io parto domani sera! Addio.

«Paolo Ruffo».

«*Londra, Piccadilly Hotel, quindici novembre...*

«Diana, sono qui, disperato di esser partito, disperato di essermi allontanato da voi. Vi adoro.

«Paolo».

«*Londra, Piccadilly Hotel, sedici novembre...*

«.... sono malato.... credo di essere molto malato, Diana. Non mi reggo in piedi.... la mia mano appena sostiene la penna. Domando a Dio la forza di poter discendere, nella via.... per impostare questa lettera.... l'ultima, forse.... con le mie mani. Dopo, risalirò in casa.... e mi coricherò nel mio letto.... poichè sono così malato.... addio, Diana....

«Paolo».

Parte Terza

La foglia di oro«*Nizza, venti febbraio...*

«Il mazzolino di violette di Parma ha descritto una dolce curva ed è venuto a cadere sul mio petto, verso il cuore. L'ho raccolto, fresco, umido, odorosissimo come era e vi ho immerso il viso, un istante: questo è bastato perchè la carrozza da cui mi era stato lanciato, la carrozza guarnita di viole cupe, di viole chiare, e di grandi *lilium* bianchi, eretti sul loro stelo, si allontanasse, nel continuo moto degli equipaggi: questo è bastato perchè io avessi scorto solamente una mano femminile, guantata di bianco, uscente da un lieve e bianco mantello, lanciarmi il mazzolino delle violette chiarissime e fragranti, e solamente un fuggevolissimo sguardo di due occhi oscuri come le viole del pensiero, di due occhi fieri e tristi, incontrarsi, unirsi, in un baleno, col mio.... La carrozza era lontana; un'altra, adorna di ricchi garofani rosei passava, carica di fanciulle ridenti, che mi hanno buttato delle rose, le rose son cadute ai miei piedi e io non le ho raccolte. Avrei dovuto muovermi, camminare, correre lungo il marciapiede della *Promenade des Anglais,* su cui si affollavano, fra le sedie sparse, fra le piccole tribune, altre donne lancianti fiori, per raggiungere la vettura adorna tutta di viole, più oscure e più chiare e di cui, lontano lontano, vedevo ancora ondeggiare gli alti *lilium* candidi: invece sono rimasto confitto dove ero, da un'ora, presso il cancello del giardinetto di palme, innanzi al mio *hôtel West End,* dove, da un'ora immobile, godevo l'aria tiepida e il sole d'oro di questo divino paese, dove da un'ora m'inebbriavo dei profumi dei fiori lanciati, fra le vetture e i viandanti, fra le tribune e i palchi, di quel corso dei fiori. Ero solo, senz'amici, senza comitiva, senza fiori, innanzi all'albergo mio: solo e semplice spettatore di quella soave e lieta guerra di fiori, godendone parcamente, in silenzio, la beltà e la gaiezza. Dei fiori erano caduti ai miei piedi, sulle mie mani, così, gittati da graziose donne trascorrenti nelle vetture tutte coverte di fiori, trascorrenti a piedi, e, talvolta, anche io avevo corrisposto, rinviando qualche fiore a qualche ignota che si allontanava, che fuggiva, via. Ma il mazzolino di violette di Parma mi era stato lanciato pensatamente, misurando il tempo e lo spazio, da colei che, nelle sue vesti bianche, nel suo mantello bianco, mi doveva avere visto molto prima, chi sa quando, prima: ed esso era giunto a me come un messaggio e così, subito, io lo aveva raccolto e il mio viso ne aveva aspirato la fragranza e la freschezza. La vettura di violette era sparita in un attimo, con la donna vestita di bianco: i fiori suoi, accostati al mio viso, ne temperavano il subitaneo ardore, e balenava, ancora, in me, uno sguardo noto, amato, adorato, che avrei riconosciuto fra mille....

«.... Un ricordo doloroso e strano, una bizzarra e misteriosa coincidenza m'immobilizzava, nella mia solitudine, fra la smagliante folla del corso dei fiori. Nelle ore di torpore mortale da me trascorse, in quella casa di salute, in Bedford street, a Londra, ove ero stato circa due mesi, e un mese fra la vita e la morte, in quel torpore pesante e pieno di un lungo sogno che, forse, non era che un lungo delirio, io ho visto, sì, ho visto una donna vestita di bianco, due o tre volte, fluttuare, come un fantasma, presso il mio letto, nella mia nitida, candida cameretta. Quella donna non era Nancy, la mia silente e zelante *nurse,* tutta vestita sempre di bianco, che mi ha assistito così amorevolmente, che, si può dire, mi ha strappato alla morte: non era la mia povera e cara Lisa che ha saputo la mia malattia, il paese dove mi trovavo e il mio indirizzo, solo dopo un mese, quando io era già fuor di pericolo, ed è accorsa, ed è stata con me, sempre, sino a che io non abbia lasciato il letto, la casa di salute di Bedford street e l'Inghilterra, con lei, per l'Italia.... Non Nancy e non Lisa, la donna vestita di bianco.... Un'ombra, forse: una creazione del mio delirio.... Ho chiesto, in qualche istante di lucidezza, alla *nurse,* se *qualcuna* fosse entrata, in camera mia: ma Nancy ha scosso il capo, negando, senza parlare. Anche Lisa ha detto no, con un gesto, quando, più tardi, più tardi, le ho chiesto se *qualcuna* era venuta a vedermi. E, allora, perchè ho io trovato, due volte, in un vasello di cristallo, sul tavolino presso il mio letto, un fascio di violette di Parma? La prima volta, forse nel bruciore della febbre, io vaneggiava e mi è parso, proprio, in un'allucinazione, di vedere le tenere viole di un lilla così delicato, quasi bianco e di aspirarne l'odor fresco..., ma la seconda volta? Io le ho viste, coi miei occhi mortali, senza febbre, senza sogni, la seconda volta, queste viole.... Nancy, Lisa, non mi hanno risposto. Violette di Parma: le medesime di oggi....

«.... dopo tre giorni di febbre alta, al *Piccadilly Hotel,* il padrone dell'albergo temendo che io morissi, colà, è corso al Consolato italiano, per fare una dichiarazione e una protesta. Giacomo Spinola, il vice-console, ha intuito qualche cosa di singolare e, probabilmente, ha compreso che il nome di Giorgio Costa non doveva essere il vero. Si è dato la pena di venire al *Piccadilly Hotel,* mi ha riconosciuto, sul mio letto di dolore, ove io era prostrato, soffocando sotto una polmonite doppia: e ha provveduto immediatamente per tutto quello che era necessario, medici, infermieri, assistendomi egli stesso, fraternamente. Chi ricorda nulla? Io ho delirato trenta o quaranta giorni. Appena si è potuto, per le proteste continue del padrone dell' albergo, Giacomo Spinola mi ha fatto trasportare nella casa di salute, a Bedford street: ma, anche lì, fra la polmonite e la pleurite, io sono stato sin quasi a Natale, fra la vita e la morte. È a Sherborne che ho preso questa malattia: in una notte di nebbia, di freddo, di umido che ho passato nel parco di Montagu Castle.... Lisa non è giunta che dopo un mese; non sapeva, Giacomo Spinola, che famiglia io avessi, e ha dovuto scrivere, due volte, in Italia, e han cercato di Lisa, ovunque e infine l'hanno scoverta, a Rieti, presso nostra zia, ove viveva di segreti palpiti e di segrete angustie. È accorsa: mi ha curato teneramente: con Nancy, mi ha salvato. Non mi ha chiesto nulla: non le ho detto nulla. Malinconica ma pur serena, mi ha condotto, via, in Italia, verso la metà di gennaio: io, fiacco, smorto, debolissimo, nella mia convalescenza. La mia buona *nurse* era tutta candida, nelle mussole che covrivano il suo vestito di lana grigia: la mia sorella era vestita di bianco, attorno al mio letto. E l'*altra,* la *terza,* quella che mi è parsa di scorgere, due volte? L'*altra* era un sogno, forse, della mia febbre e del mio povero amore? Non so. Le violette di Parma, la seconda volta, io le ho viste, le ho toccate, le ho respirate.... Lisa è a Roma, ora, ove mi aspetta, quando avrò passato, qui, due mesi, forse, per rimettermi completamente. Respiro meglio, ora: il mio sangue circola meglio, nelle mie fredde vene: e ho più voglia di vivere che quindici giorni fa, quando sono giunto, qui, ancora sfinito, ancora estenuato. Quando tramonta il sole sono colto, ancora, da un grande brivido di freddo: ma non è la febbre. Tutti hanno freddo, a Nizza, quando cade il sole: esso è tanto caldo, quando scintilla sul mare, sul Golfo degli Angeli....

«.... La carrozza guarnita di violette mammole e di violette chiare non è più riapparsa: la donna non è più riapparsa. Stringo sul petto i suoi fiori, ora, che è sera, che sono nella mia camera ben chiusa, e riscaldata da un buon fuoco di legna.... Queste violette esistono e una donna me le ha lanciate, espressamente.... e, quegli occhi, quegli occhi....

«Paolo».

«*Nizza, ventidue febbraio...*

«Rientro dalla *redoute blanche et mauve.* È il grande veglione di Nizza, il famoso veglione di questo famoso carnevale di Nizza: ogni anno, ne muta il colore, di questa *redoute* e ogni uomo, ogni donna che vi vuol andare, deve vestirsi, travestirsi di quei colori e mascherarsi. Folla immensa, tumultuosa in una gaiezza vasta e, talvolta, forzata: ma come quadro, impressionante nelle due sempre uguali tinte, il bianco e il lilla, il lilla e il bianco, acconciati e disposti e uniti in mille fogge,

65

le più curiose e, spesso, le più graziose. Folla immensa: fracasso: tumulto. Io non voleva andarvi. Io completo, qui, la mia convalescenza: e già tutta la mia vita rifiorisce e sento germogliare in me la salute e, anche, una seconda giovinezza. Non volevo andare: debbo finir di guarire e mi era stato proibito, mi è ancora proibito di vegliar tardi, alla sera, di viver negli ambienti troppo carichi di fiati umani, di profumi, negli ambienti artificiosamente caldi. Ma per quindici giorni mi ero saggiamente coricato, ogni sera, alle dieci, nella stanzetta del mio albergo *West End*, resistendo ai miei amici di Nizza, alle signore di mia conoscenza, che mi volevano, assolutamente, con loro, ogni sera, a Montecarlo, a Beaulieu, alle feste, ai teatri. Quindici giorni di vita quasi monastica, dopo due mesi e mezzo di malattia.... e, poi, ieri l'altro, il mazzolino di violette di Parma, simile a quello di Londra, il mazzolino di cui, da due giorni, cerco in tutta Nizza la mano muliebre che lo ha lanciato, senza trovarla, senza ritrovarla.... Sono andato alla *redoute blanche et mauve....*

«.... centinaia di donne mascherate, nei domino, nei mantelli, nelle vesti bizzarre bianche e lilla, centinaia di donne piccole, grandi, formose, snelle, alcune sontuosissime, altre appena decenti, molte goffamente acconciate: e, alcune, fra esse, così squisite nel loro lusso e nella loro eleganza, costantemente seguite da un corteo di venti, di trenta uomini; e, alcune, così sapientemente svestite nel domino bianco, da parer seminude, col viso mascherato, circondate, strette da uomini arsi dal desiderio, procaci, quasi brutali; qualche figura casta, anche, nel suo gran mantello bianco senza linee: una, castissima. Era in un palchetto di prima fila, sola: poi, due altri domino la raggiunsero, restarono un po' con lei e se ne andarono: rimase sola, di nuovo: si levò, guardando la sala, attentamente, a traverso la sua mascherina di un lilla chiarissimo, quasi un grigio perla. Attorno alla sua persona fluttuava un ricco domino *mauve*, dalle ampie maniche chiuse ai polsi, dal gran cappuccio alzato sulla testa e tutto merletti, tutto blonde: e sul petto ella aveva un grosso mazzo di violette di Parma, fresche, fermate da un lungo cappio di raso bianco: non si vedeva di che colore fosse la veste, le mani erano guantate e seminascoste; i merletti del cappuccio nascondevano la fronte e il collo. Quella figura era così casta e così sola! Traversai, a stento, tutta la soffocante folla che si agitava, nella immensa sala, mi accostai al palchetto che era molto basso, fissai la sconosciuta e le dissi, in tono scherzoso:

«— Buona sera, violetta di Parma....

«Mi parve che ella si scotesse, si ritraesse, un istante: mi parve, non ne son certo. Allora, volgendo le spalle alla sala, mi tolsi la maschera di raso bianco e guardandola, le dissi, tremando, sì tremando:

«— Sei quella di ieri l'altro? Sei quella? Davanti al *West End....* il tuo mazzetto ha vissuto con me, due giorni....

«Non mi rispose una sola parola: ma vidi, ne son certo, che si era volta a me, che mi ascoltava, col capo un po' inclinato.... E un flutto di sangue caldo pulsò al mio cuore, alle mie tempie:

«— Sei quella di Londra?... quando ero malato.... quando ero morente.... *sei quella?*

«Un impeto d'amore, una furia di amore mi travolsero. Mi levai in punta di piedi, osai toccare e stringere la mano guantata che era appoggiata lungo l'orlo del palco, osai pronunciare il nome fatale, la parola fatale:

«— Diana.... Diana.... ti amo.... ti amo sempre....

«Ella non rispose. Ma, per un momento, la sua mano restò nella mia: poi, la ritrasse lentamente: lentamente si levò, guardandomi a traverso la sua mascherina, con un lungo sguardo: si ritirò, in fondo al palco, donde non potevo scorgerla più. Come un pazzo, in mezzo a mille intoppi, a mille urti, a mille sgarbi, attraversai la sala zeppa, il vestibolo zeppo, corsi verso il corridoio di prima fila, cercando il palco della mia violetta di Parma. La sconosciuta era sulla porta, insieme ad altre quattro maschere, molto eleganti, due uomini, due donne. Impossibile avvicinarla. Tre o quattro volte, andai avanti e indietro, in quel corridoio: quel gruppo non si mosse. Discorrevano, fra loro, ridevano, anzi, ma moderatamente. Tesi l'orecchio. Parlavano in inglese. Dopo pochi minuti, si mossero, rapidamente, si mescolarono alla folla del corridoio, del vestibolo: li perdetti di vista, mi sfuggirono. Mi aggirai follemente, nel teatro, fuori, nei dintorni, senza maschera: rientrai tre o quattro volte. E, infine, m'incontrai con Dario Morea, con Francesco Farnese e due donnine, che eran con loro, fra cui Chérie, la *Grande Chérie,* la pensosa Chérie, la languente Chérie, la cortigiana malinconica. Mi volevano, con loro, a cena; rifiutai, confuso, smarrito. E Chérie soggiunse, allora, con la sua voce velata e suggestiva:

«— Amate Lilette Fleury, voi, Ruffo?

«— Io? Lilette? Che dite mai?

«— Poco fa.... parlavate con lei.... le avete preso una mano....

«— Era Lilette? Come lo sapete? Chi ve lo ha detto, Chérie?

«— .... era il suo palco, quello.... e ho visto, oggi, il suo domino lilla, da lei.... — soggiunse, vagamente, Chérie.

. . . .

«Non posso dormire, non posso riposare. Brucia tutto il mio sangue, brucia d'amore....

«Paolo Ruffo».

«Nizza, ventitrè febbraio...

«Siete qui, siete qui, Diana, io lo sapeva, io l'avevo sentito, io *so sempre* dove voi siete, Dio mi conduce verso voi, voi siete la mia donna, voi mi eravate destinata, voi mi siete destinata. Diana, vi ho riveduta, qui, sul mio cammino, Diana che dovete amarmi, Diana, Diana mia! Con tutte le violette di Parma che v'invio, con due mie lettere, insieme a questa, Diana, ecco il mio cuore, ecco la mia anima, ecco la mia persona, ai vostri piedi, desiosa dell'amor vostro, di tutto l'amor vostro, Diana mia!

«Paolo Ruffo».

«Nizza, ventitrè febbraio...

«È notte: debbo scrivervi che ardo di amore, per voi, Diana bella, Diana mia! Ardo, come prima: ardo, più di prima: ardo, come se avessi venti anni e ho venti anni, infatti, poichè la mia terribile malattia ha rinnovato tutta la mia vita, poichè la mia convalescenza e la mia guarigione sono una risurrezione delle mie forze, della mia prima giovinezza, di quanto è più nuovo e più ardente, in un uomo, in un giovane.... Quanto eravate bella, ieri mattina, quando vi ho incontrata

67

sulla porta dell' *Hôtel Ruhl,* fra un gruppo di amiche e di amici, e come un sobbalzo mi ha spinto verso voi, quasi per prendervi, quasi per rapirvi e voi lo avete inteso e vi siete arretrata di un passo, impallidendo, arrossendo, sfuggendo, infine, al mio sguardo che troppo vi amava, pubblicamente.... Ardo di passione per voi, Diana, che non vedo da tre mesi, che ho sempre amata, anche nel mio delirio, anche nella mia agonia, ardo e voi dovete bruciare della mia fiamma, perchè siete la mia donna, perchè il cielo vi ha mandata, a me, e non vi è potere terreno, non vi è legame terreno, che mi vi possa togliere.... Diana, eravate voi, non è vero, voi che mi avete lanciato sul petto, sul cuore, il mazzolino di violette di Parma, il giorno del corso dei fiori? Diana, eravate voi, l'altra sera, alla *redoute,* voi, in quel palco, nel grande domino lilla, col *bouquet de Parmes* sul seno, voi, a cui ho parlato, e mi avete ascoltato, muta ma benignamente, eravate voi, di cui ho preso la mano, e me l'avete lasciata, un istante, voi, voi e non Lilette Fleury, non è vero, voi, voi, che mi *dovete* amare, voi, Diana adorata?

«Paolo».

«Nizza, ventiquattro febbraio...

«*Sir* Randolph Montagu è con voi, a Nizza; *lady* Roselyne Melville è a Montecarlo, perchè ama molto il giuoco, alla sua età e, ieri, è venuta da Montecarlo, a passar la giornata con voi: e avete, con voi, una piccola comitiva di amiche e di amici, inglesi, francesi, italiani: siete una *bande,* pare, come ve ne sono, qui, tante, a Nizza, a Montecarlo, a Cannes, una *joyeuse bande,* che è sempre insieme, nelle gite, nelle escursioni, nei pranzi, nelle feste: e siete circondata e presa, da tutti costoro, come dietro un baluardo.... e che m'importa, che m'importa di tutti costoro? Niente m'importa di *sir* Randolph Montagu, che mi ha preso la mia donna, ma che deve restituirmela e io debbo riaverla e la riavrò: niente di *lady* Melville che vi ha maritata, a uno straniero, a un vecchio, togliendovi l'unico grande bene che abbia la vita, che è l'amore: niente, niente di tutti costoro, che vi sono estranei, che mi sono estranei.... e quel russo, è vero, vi fa la corte, e quell'italiano, che io non conosco, ma di cui so il nome, Guido Motta Visconti, il bel Guido Motta, è vero, vi fa la corte, essi vi sono sempre accanto, uno a diritta, uno a sinistra, è vero? Ma a me non importa niente, non deve importare niente, perchè voi siete la mia Diana, mia, esclusivamente mia, unicamente mia ed è il mio amore che deve prendervi tutta, e darvi a me, Diana, che solo vi merito, io solo, Diana, io solo, perchè vi ho amata unicamente, sovra ogni altra cosa, sovra ogni altra persona, che vi amo unicamente, che sono, per voi, l'amore intenso, profondo, che offre la vita e che la vuole dall'altro, che consuma ma che esalta, e costoro, marito, madrina, amiche, corteggiatori, non sono nulla di nulla, io mi rido di loro, io sono pronto ad affrontarli, tutti, perchè sono l'Amore che tutto abbatte e tutto conquista!

«Paolo Ruffo».

«Nizza, venticinque febbraio...

«Il fazzoletto di batista e di merletto che avete perduto, un'ora fa, al grande ballo del *Cercle de la Méditerranée,* è qui, nella mia mano sinistra, presso il mio volto, presso le mie labbra, ha il

68

vostro profumo, è qualche cosa di voi e io respiro su questo fazzoletto, io bacio questo fazzoletto, mentre vi scrivo, con mano tremante, con animo tremante, dopo che vi ho seguita, dappresso, dappresso, per una notte intera, ovunque avete messo il vostro piede, come la vostra ombra, sfidando tutto, sfidando tutti.... Dio, Dio, quanto era magnifica, questa notte, la vostra beltà, in quella veste morbida di chiaro velluto azzurrino, ricamato a fili di argento, con quei lievi veli azzurri sul seno e la vostra singolar collana di pallide turchesi e di brillanti, al collo, e il diadema di brillanti, sulla vostra testa di regina, Dio mio, che sovrana di ogni beltà, di ogni grazia, di ogni più suggestiva espressione feminile, eravate, questa notte, Diana, Diana, donna mia! Notte singolare, notte singolarissima, in cui il mio animo è passato per tutte le impressioni più dolorose e più inebbrianti, ed inebbrianti anche quelle del dolore, e ancora io palpito e fremo, qui, su queste fredde parole, su questa fredda carta, che non può dirvi quanto vi ho amato, questa notte, quanto ho gioito, per la vostra divina presenza, per la vostra divina bellezza; quanto ho sofferto, per tutto quello che è accaduto.... Ah Diana, Diana, con quanta cura assidua voi avete costantemente distolto gli occhi da me, ogni volta che io ho cercato il vostro sguardo, ogni volta, cento volte, mille volte, come gli occhi vostri erano altrove, sempre, pensosi, distratti, lontani, ma espressamente, Diana, espressamente, per non corrispondere al mio sguardo! Giammai avete tanto sfuggito questo incontro di sguardi, che è, dal giorno che vi ho amato, il solo segno che voi mi conosciate, che voi sappiate della mia dedizione e della mia pena mortale: giammai siete stata così distante da me, Diana, Diana, come questa notte, pensatamente, decisamente, guardando sempre da un'altra parte tenendo chini gli occhi, in segno di fierezza, di tristezza, di noia. Invano io mi sono costantemente messo sul vostro passaggio: invano io vi sono venuto incontro, quando camminavate: invano, io mi sono seduto dirimpetto a voi, quando si è ballato il *cotillon*. Voi non avete voluto vedermi: voi non avete voluto guardarmi. Altiera, freddissima, col viso chiuso, talvolta quasi marmoreo, voi ballavate nobilmente: e passando presso me, nei lunghi giri, sempre il volto vostro, austero, con un moto naturale, si volgeva ove io non era. Io ho sofferto mille morti, Diana. Ma, a un certo punto, col vostro cavaliere, con quell'odioso Guido Motta Visconti, voi vi siete allontanata, in un angolo del salone: e un gruppo di palme vi nascondeva, o voi credevate che vi nascondesse ai miei occhi.... Guido Motta Visconti vi parlava, piano: ma voi non lo ascoltavate.... Io vi ho vista bene: supponendovi bene nascosta, voi vi siete rivolta dalla mia parte, voi mi avete guardato, a lungo, quando credevate, quando eravate certa che io non potessi scorgervi.... Diana, Diana, che sono le mille morti che ho sofferte, innanzi a quel minuto di estasi? Segretamente voi mi avete ricercato, mi avete guardato, a lungo, a lungo, un minuto, un secolo, per me.... Dopo, subito dopo, quando io ammaliato, inebbriato, vi ho raggiunto, io ho ritrovato il vostro viso di statua e la vostra bocca serrata, senza sorrisi....

«.... Diana, Diana, tutta la notte io ho errato intorno a voi, come la vostr'ombra: ma non mi sono mai potuto accostare a voi, tanto eravate guardata e circondata. *Sir* Montagu ha giuocato tutta la notte, lontano da voi, noncurante, gelido: tutta la notte la vostra *bande* vi ha circondato, e Motta Visconti e de Flers e Wolkoff, i tre che più si accaniscono, attorno a voi, non vi han mai lasciata, mentre la principessa Tchenicheff e la contessa de Rougé e donna Camilla Bolgheri, ogni tanto, ritornavano a far corteo, con voi e i loro cavalieri. Io era l'anima in pena, attorno a voi, ma più del dolore, ardeva in me la gelosia, la fiera gelosia, la tetra gelosia di questi uomini che vi tenevano, che vi sequestravano, che impedivano a chiunque di accostarsi: e questo Motta Visconti ha compreso bene e due volte mi ha guardato, con cipiglio, questo *bellâtre,* e Wolkoff ha riso di me, io l'ho visto e per poco non mi sono precipitato su lui, per schiaffeggiarlo, in piena festa, Diana.... Oh che rabbia ferina, Diana, in alcuni momenti, quando passavate, innanzi a me, cinta dal braccio di uno di costoro, ballando, quando mi sfioravate, quasi, col piccolo strascico azzurrino della vostra veste, e vi allontanavate, subito, nelle braccia di uno di costoro, bella come non foste mai così bella, ed io rodendomi di amore e di gelosia e d'ira e di un'ira folle, Diana.... Allora, il vostro fazzoletto, lieve, è sfuggito dalla vostra mano schiusa, quando siete passata innanzi a me: allora, voi lo avete lasciato a terra, senza raccoglierlo, senza farvelo raccogliere, come distratta, come lontana, mentre io mi chinavo, a prenderlo, cautamente, come un ladro, come un amante e lo celavo, subito, nel mio *gilet,* sul mio cuore.... Il vostro fazzoletto è stato come quello della pietosa Veronica, asciugante il viso bagnato di sudore e di sangue di Cristo: esso ha placato il mio furore, ha fatto tacere la mia gelosia e sul mio viso, sulle mie labbra ha portato la freschezza, la serenità, la speranza.... Quale speranza, quale speranza? Diana, voi non mi avete voluto vedere, guardare, stasera: Diana, avete parlato, ballato con altri uomini, stanotte, continuamente.... e il fazzoletto, il fazzoletto, vi è caduto, espressamente, o lo avete perduto? O Diana, io soffro e godo e tremo di dubbio e di passione, in quest'alba, scrivendovi....

«Paolo Ruffo»

«Nizza, ventisei febbraio...

«Con profonda emozione ho riveduta, stamane, la mia donna *di altri tempi*, ho riveduta la mia Euridice, quando, evocata e attratta dal fluido dell'amor mio, voi siete apparsa, sola, sulla porta dell'*Hôtel Ruhl*, voi sola, voi solissima! Con passi lenti ma lievi, voi non vi siete diretta verso il troppo mondano marciapiede della *Promenade des Anglais*, ma fuori, oltre la via, oltre il sentiero di alberetti, sulla spiaggia, sulla sabbia fine, morbida, vellutata, ove passeggian lentamente o stanno fermi al sole, non dei frivoli mondani. ma dei vecchi taciturni, dei gracili convalescenti, delle fanciulle smorte, dei bimbi dormienti nelle loro carrozzelle, sotto un velo celeste, sospinti dalle loro *governess*. Non un filo, nelle vostre vesti e nel vostro cappello che non fosse bianco: persino i piccoli piedi eran calzati di pelle bianca, con fibbie di madreperla: soltanto l'ombrellino vostro era rosso, di un rosso vermiglio, come una rosa vermiglia. Quando avete voltato, sotto gli alberetti, per raggiungere la spiaggia, mi avete scorto, poco lontano, fermo presso il chiosco dei giornali: voi avete chinato il capo, un poco, avete schiuso il vostro ombrellino, che ha gittato un'ombra rosea sul vostro viso così bianco. Ah Diana, voi eravate come un tempo, stamane: solinga, piena di un orgoglio tacito, pensosa, distante da tutti: e il volto vostro era candido, come allora, a Roma, quando eravate Diana Sforza, col vostro semplice vestito di fanciulla nobile, fiera e povera, e i vostri occhi eran di un violetto scurissimo, come un tempo, e un profondo segreto era in voi, che niuno conoscerà mai, il segreto *di un tempo*, ma più misterioso e più alto, Diana! Con passo un poco stanco, voi avete passeggiato in riva al mare e, quasi quasi, le onde chete giungevano a lambire le vostre scarpette bianche: siete andata, sempre avanti, lontana: e celato fra le due file degli alberetti, lungo la *Promenade,* vi ha accompagnato Colui che è vostro. Chiuso il vostro ombrellino, avete lasciato che il sole vi riscaldasse il viso e la persona, come se aveste freddo.... io credo che voi abbiate sempre freddo, che voi sentiate ancora, come me, nelle ossa e nei nervi, il freddo e l'umido d'Inghilterra, come me, che, ogni tanto, qui, in tanto fulgore di sole, in tanto tepore di aria, ne tremo ancora, ne tremo tutto, e ne dovevo morire, allora, ora, amor mio.... Socchiudevate gli occhi, camminando, nel sole, come se un sopore dolce vi avvolgesse, lungo la spiaggia degli Angeli, che si facea sempre più deserta, come se sognaste un bene squisito e io, come l'ombra vostra, ero penetrato di dolcezza, per voi, io mi struggevo di dolcezza, per voi, per la mia Euridice, per la donna che ha cantato così passionalmente, solo per me, solo per me, nella gran notte romana.... Siete sparita, come dileguata: ma io muoio di dolcezza, per voi....

«Paolo».

70

«Ma perchè avete fatto questa cosa orrenda, stasera, o *lady* Montagu, perchè siete andata, con la vostra *bande,* in quel teatraccio, pieno di una folla equivoca internazionale, pieno di cortigiane, a vedere e a udire uno spettacolo indecente, nelle persone, nelle parole e negli atti, e vi siete rimasta, con tutti i vostri, *sir* Montagu, Guido Motta Visconti e De Flers e Wolkoff, con questi degenerati, anche vostro marito degenerato, sovra tutto vostro marito che vi ha condotta, colà, anche Motta, l'italiano, e con quella degenerata della principessa Tchenicheff, con quella pazza della contessa de Rougé, mentre, donna Camilla Bolgheri, ha inventato di vestirsi quasi da uomo, degenerate, degenerate! E voi, in mezzo a loro, voi, torre di avorio, voi, rosa mistica, voi, bianca nel viso e nell'anima come il giglio delle convalli, voi vestita di giaietti neri scintillanti, a riflessi lunari, col seno appena velato di veli neri, con una grossa rosa rossa sul petto, voi sotto una tocca scintillante, dall'alta *aigrette* bianca, voi eravate in quell'orribile teatro, in quel palco di mala gente, con gli uomini che si stringevano accanto a voi, dietro a voi, mentre, alla ribalta, gli attori e le attrici, cantando, recitando, danzando, davano spettacolo di turpitudine.... E voi non avevate ribrezzo, voi non vi levavate per fuggire, nauseata, voi non sentivate l'offesa al vostro pudore, alla vostra delicatezza, alla vostra castità di sposa e di donna: voi restavate lì, come allucinata, guardando, udendo, sorridendo, sì, sorridendo, purtroppo, come non vi ho mai vista sorridere, mai, sorridendo allo spettacolo, sorridendo a coloro che si piegavano sulle vostre spalle nude, per parlarvi, troppo, troppo, troppo da vicino.... Che cosa tremenda e come io soffocava d'indignazione, come io mi sentivo scoppiare dall'ira repressa, contro tutto, contro tutti, in quel luogo di corruzione, in quel luogo d' infamia, ove ero entrato, così, a caso, cercandovi in tutti i ritrovi di Nizza e non avendovi trovato, mai pensando che voi aveste esposto il vostro decoro e la vostra beltà, fra quella società di corrotti, di viziosi, di pazzi.... voi, la creatura purissima, voi che stamane eravate ricinta di orgoglio e di silenzio, vivente in un mondo distante e superiore, voi, che eravate Diana Sforza, il mio sogno di virtù, e che ora siete *lady* Montagu, per disonorarvi in quella compagnia, in quel teatro, svestita *come le altre* e sorridente *come le altre....* Ah che io odio, mortalmente, questo paese, questo ambiente, questa gente fra cui vivete, come io odio il vostro gelido marito che è, forse, il più cinico fra i cinici, come io odio mortalmente, voi, sì, voi, *lady* Montagu, che avete tradito, questa sera, il mio sogno e il mio amore!

«Paolo Ruffo».

«Non comprendete voi, *lady* Montagu, che il mio cuore e la mia gelosia sono giunti alla esasperazione, non vedete, non sentite, che io non posso frenarmi più e che, da un istante all'altro, un orribile scandalo può scoppiare? Se ancora io vi vegga come ieri sera, in quell'ambiente che mi fa ribrezzo, in familiare contatto con gente che io disprezzo, se ancora, come oggi, un'ora fa, io vi vegga salire, in *breack*, con tutta la vostra *bande*, e sedervi accanto a Motta Visconti, che guidava i quattro cavalli e con voi non era vostro marito, e voi indossare un vistoso mantello violetto con galloni di argento, ed essere tutta intenta al vostro *flirt*, con quel miserabile Motta Visconti, e non accorgervi neppure, o non volervi accorgere che io era, lì, nella via, come un mendico, come un ebete, a guardar partire il *breack* per Cannes, se ciò accada, ancora, o altra consimile cosa, Diana, Diana, io non rispondo di me!

«Paolo».

«Cap Martin, primo marzo...

«Son venuto a chiedere, da due giorni, a questo gran bosco oscuro e fragrante che s'inclina, che discende sino al mare e quasi quasi mette le sue radici fra gli scogli battuti dalle acque, freschezza al mio sangue rinnovellato e bollente, silenzio e solitudine ai miei nervi esasperati di collera, ombra e pace al mio cuore sussultante, sotto l'impulso di una passione giunta al suo culmine; e di già m'han parlato gli alberi annosi e le onde tranquille, coronate finemente di bianco, e tutto m'ha parlato, l'aria, l'ombra, il silenzio, la solitudine.... Se ancora poche ore io fossi restato in Nizza, mia signora, io avrei commesso un atto micidiale e macchiato di sangue l'amor mio. Sono fuggito, per non uccider qualcuno, non so chi, qualcuno: e, ora, io credo, io spero, la follia rossa è passata, è trascorsa, via, dai miei istinti e dai miei desiderii. Mia signora, gli alberi della bruna foresta e i loro aromi forti e le loro ombre silenti, e la luce tenue ed eguale, m'han dato torto: le piccole onde, quaggiù, sugli scogli, di mattina, di sera, in lor linguaggio espressivo, mi han dato torto; e i garruli uccellini, trillanti vivamente o fiocamente, fra i larici maestosi e gli arbusti fioriti, e i mille insetti ronzanti, tutti quanti mi han dato torto. Mia signora, con animo leale, con cuore contrito, riconosco, innanzi a voi, di aver avuto torto, ora, in Nizza, col mio amore inacerbito perchè mai soddisfatto, con la mia gelosia rude venuta dai sensi risvegliati e sospinti, con la mia ira brutale di innamorato non corrisposto, d'innamorato vilipeso, d'innamorato schernito, con la ira folle di un folle sognatore, che vede distrutto il suo sogno. Mia signora, ho avuto torto di offendermi per quel che voi mi siete apparsa, in questi giorni, per quel che voi avete fatto, per il modo in cui vi siete vestita, per le persone a cui avete accordato la vostra preziosa familiarità: e ho avuto torto di offendervi, per tutto questo, di vituperarvi, persino di minacciarvi. Io non sono nulla per voi: e non essendo nulla, ho preteso di entrar nella vostra vita, di dirigerla, di dominarla, di farne qualche cosa di mio, di solo mio, da lontano, col futile pretesto del mio amore. Io non sono nulla: e nulla di voi mi appartiene, non un fremito delle vostre fibre, non un alito del vostro respiro, non un battito del vostro cuore, non un pensiero della vostra mente: e tutto voi potete fare e dire, abbassarvi o esaltarvi, salvarvi o perdervi, senza che io possa intervenire, mai, mai, col troppo meschino, troppo misero pretesto del mio amore. Mia signora, quanto ho torto! Perchè intervengo, costantemente, nella vostra vita, perchè m'intrometto nella vostra esistenza, perchè la invado, perchè voglio imporvi la mia volontà? Che diritto ho io, mai, su voi? Che sono, io, per voi? E voi perchè dovreste tanto permettere, tanto sopportare, perchè dovreste voi consentire, anche di lontano, anche misteriosamente, a questo mio dominio sentimentale, voi che non mi amate, voi che non avete mai corrisposto al mio amore, voi che *non mi avete mai risposto,* e i segni che la mia fantasia, forse, ha solamente visti e interpretati, e i pochi, i fuggenti, i fallaci segni che il mio cuore ha voluto raccogliere, sono nulla, ahimè, nulla di nulla? Come ho torto, mia signora! Qua gli alberi e le onde e gli uccellini e gli insetti me lo dicono in tutti i toni, da due giorni: mi ripetono, essi, fuori di me, quello che, in me, diceva la mia coscienza, a Nizza, e io la soffocavo, sotto l'origliere, come la voce di Desdemona. Mia signora, l'uomo che vi scrive, ha avuto un solo, immenso, innumerevole torto: quello di amarvi di un amore unico, assoluto, supremo e di credere che un amor simile potesse compire tutte le gesta più eroiche e più mirabili, vincendo l'anima vostra, vincendo il cuor vostro, vincendo il vostro destino.... Fruscia un venticello lene fra gli alberi e le foglie si agitano, come a

72

commiserare affettuosamente l'illusione di quest'uomo: anche le onde parlano e dicono: *perchè hai tu creduto questo? Anche l'amore è una cosa vana....*

«Paolo Ruffo».

«Nizza, tre marzo...

«Son tornato, qui, Diana, ma sono chiuso nella mia stanza d'albergo, al *West End,* e fra i veli bianchi delle tende disciolte del mio balcone, azzurreggia il golfo divino.... Sono qui, ma non esco di casa, perchè non voglio incontrarvi, con la vostra *joyeuse bande,* in questi due ultimi giorni di carnevale, in cui tutti impazzano, qui. Il mio furore è caduto: e, ai vostri piedi, ho confessato il mio torto. Ma un'angoscia profonda, indefinita, mi tiene: qualche cosa che mi stringe l'anima; e io non arrivo a disserrarne il nodo. Avete visto la mia cieca collera, in quella sera tremenda, in cui il vostro riso destò in me l'ira omicida: non dovete vedere la mia disperazione. Forse voi siete in maschera, con la Tchenicheff, con la Rougé, con le altre: forse voi ridete, ridete ancora, con Motta Visconti, con Wolkoff.... non voglio veder questo riso procace, o voi che eravate la Grande Taciturna, il Vaso di Elezione, la Coppa di Tristezza.... non voglio che mi vediate, disperato. Mi nascondo. Sono qui, dove voi siete, perchè non posso vivere altrove: sono qui, disperato. È giorno di *confettis,* oggi. Con chi ridete, voi, mai? Io non posso neppure piangere, per disciogliere la mia ambascia. Ma che è, dunque, mai, questa mia disperazione? Io non ho mai patito tanto, per voi; mai. Vi è qualche cosa d'ignoto, di sconosciuto, nel mio dolore; io ne ho sgomento. Che vi è, *in fondo* alla mia anima, che io non so, che vi è, che mi si prepara, che mi deve accadere, di fatale, d'ineluttabile? Diana, ho paura del mio dolore. Voi ridete, voi....

«Paolo».

«Nizza, cinque marzo...

«O notte di tenerezza, notte di gaudio, notte di pianto! L'alba è vicina e, sempre, la mia anima convulsa dall'ebbrezza della gioia, dall'ebbrezza del dolore, manda ai miei occhi stanchi un velo di lacrime.... Diana, o mia Alta Tristezza, come dirvi quello che io ho sentito, quello che io sento, in questa notte che è la più struggente della mia vita mortale? Come dire quello che vi è di limpido come gioia e quello che vi è di oscuro come sofferenza, come descrivervi tutto quello che io penso e sento in questa notte che finisce, in questa notte che svanisce, quando io stesso non so nè discernere nè misurare, in me, la radice e la potenza del mio fremito? Diana, Diana, la vostra voce, per la terza volta, è giunta sino a me, son poche ore, la voce d'incantesimo che io ho amato e adorato *per la prima* vostra virtù di fascino, in voi, la voce che, due volte, ha cantato, per me, con le armonie più appassionate, che la terza volta ha espresso, per me, quanto è in fondo alla più nobile e alla più pura anima muliebre! Ah Diana, Creatura purissima, quello che io pensavo e immaginavo e temevo, tutto è svanito, poichè la vostra voce piena di una emozione schietta e profonda è giunta sino a me, sino a tutto il mio essere, impregnato di felicità e di spasimo, e di nuovo ai piedi vostri, Purissima, Purissima! Giacchè io, ier sera, dopo due giorni di sconsolata clausura, di sconsolata solitudine, in cui avevo lasciato che i veli grigi scendessero su me e mi nascondessero ogni beltà delle cose, in cui

73

avevo masticato tutta la cenere della vita e ne avevo bevuto tutto l'assenzio e una immensa nausea mi sconvolgeva, la mia anima ha dato in un grande grido di desiderio, verso voi, e sono escito di furia e precipitosamente vi sono andata cercando, ovunque, dapertutto, in questa città di lusso e di piaceri, che, in questi giorni raggiunge il massimo della sua febbre di festa.... Un altro gran veglione, l'ultimo, riuniva, ieri sera, quella smagliante, bizzarra e anelante folla cosmopolita, nel teatro e nei saloni del Casino: colà, entrandovi, un alito di fuoco, un alito di profumi, mi ha, quasi, fatto fuggire: una follia faceva tumultuare in risa, in grida, in clamori, quella folla di donne, di uomini, in maschera e senza maschera, uomini e donne, travolti da una vertigine invincibile. Tremavo tanto, nel desiderio di ritrovarvi e nell'orrore di rivedervi, in quella fornace.... La vostra *joyeuse bande* vi era, tutta, dame e gentiluomini, in un palchetto: e facevan, tutti, un chiasso indiavolato, smascherati, come erano, e si spenzolavano dal palchetto, apostrofando la folla della sala, la Rougé, specialmente, scollacciata come una cortigiana e la Bolgheri, in *frak*, da uomo e, fra loro, che schifo, Lilette Fleury, che avevan fatto salire, nel loro palco, Lilette, una di quelle.... orribile a dirsi.... Ma voi non vi eravate, non vi eravate, non vi eravate e come un ruggito di gioia ha sollevato il mio petto, mentre fuggivo, via, da quella bolgia....

«....sopra le vie deserte di Nizza, il cielo era così profondo ma così scintillante di stelle, come non lo avevo mai visto, in questa mia dimora, prima solinga e tranquilla e adesso, agitata e convulsa. Tante volte i miei occhi, in queste notti trascorse, si eran levati al firmamento, con quel moto istintivo dell'anima umana che chiede soccorso, consiglio, pace, lassù, lassù: in tremolìo così vivo e così luminoso di astri lontani, mai aveva dilettato e preso i miei occhi mortali, come ieri sera, nell'immensa esaltazione del mio amore, voi, *che non eravate con gli altri*, al veglione, voi, mia Bellezza, voi, mia Castità, voi, mia Purezza.... Rientravo lentamente e nel silenzio e nella solitudine delle vie, udivo solo il mio passo: esso si è rallentato, innanzi al vostro albergo *Ruhtt* di cui molti veroni, molti balconi eran illuminati e risplendenti le vetrate dei saloni terreni che si aprono, sul breve giardinetto dalle aiuole fiorite, dai palmizi che son innanzi a ogni albergo, sulla *Promenade des Anglais*. Come dapertutto ove voi siate, o mia Euridice, o donna del mio sogno, come a Roma, come a Ostenda, come in Inghilterra, ovunque io vi abbia seguita, in questo mio pellegrinaggio di amore, ovunque io vi abbia incontrata, o Donna del mio destino, io mi sono fermato innanzi alla casa felice che ospita la vostra persona, così, come il pellegrino si arresta, innanzi a ogni santuario, sino a che egli arrivi ove lo spinge il suo cuore fremente e ove debba piegare le ginocchia e battere la fronte a terra.... Allora, nell'intatto silenzio notturno, sotto il lume tenero delle stelle palpitanti, il pellegrino d'amore che, tante volte, ha supplicato, ha singhiozzato, ha pianto, chiedendo la Grazia e tante volte, ahimè, troppe volte, è stato deluso, costui, infine, il povero, il felice, il felicissimo pellegrino ha udito, per la terza volta, elevarsi la voce che ha cangiato tutta la sua vita, ha udito quel canto mirabile di Diana Sforza, in cui tutta la sua anima parla, dice, narra, esprime, piange, nelle musiche che più son fatte per esalare l'immenso patimento interiore.... Attaccato al cancello del giardino, innanzi al *Ruhl* — o villa *Star*, in Roma, così ardente nella memoria! — conquiso da una forza misteriosa, la voce vostra, o Diana, io ho udito prima vagamente le note musicali in cui tanto gravemente si effondeva il suono indescrivibile, poi, meglio, meglio, escire da un balcone del primo piano, di cui eran socchiusi i cristalli e abbassate le grandi tende di merletto: precisamente, a un tratto, ai miei sensi, acuiti, esaltati dal desiderio, son giunte le onde avvolgenti e inebbrianti, in cui voi esprimevate il mistero dolente di Antonio Caldara, nella sua aria antica che niun cuore sensible può udire, senza sussultare, senz'affliggersi, senza piangere *Come raggio di sol*.... Diana! Parla quella musica antica singolarmente e nobilmente patetica, molto più, molto più nella sua espressione sentimentale che nelle sue parole arcaiche, un poco puerili, ma belle, anche, ma dolorose: parla del raggio di sole che scherza placidamente sulle chete acque del mare e, a un tratto, dice, con una intensità toccante di contrasto, dice che *del mare, nel profondo seno sta la tempesta ascosa*.... Diana, Diana, tutto me stesso ha udito sgorgare, tutta voi stessa, in quelle note rivelatrici di una pena innumerevole che nessuno conosce, che voi confidavate al silenzio, alla solitudine della notte, in quella stanza, dove, certo, *eravate sola*, lo so! O Coppa di Tristezza, io ho udito cantare, da voi, le parole che svelano, che gridano, che mormorano, finendo, quasi, nel pianto.... *mentre nel suo segreto il cuor piagato, s'angoscia e si martora....* Oh che è stata, d'indicibile, la voce vostra, che singulto, che lamento, che gemito inconsolabile.... *si angoscia e si martora....* Come non sono morto, in una ebbrezza di gioia e di dolore, nella via, come son vivo ancora, dopo aver tanto compreso, dopo aver tutto compreso?

.   .   .   .

«Diana, tutto è svanito dal vostro novissimo aspetto, e il sorriso compiacente e le vesti procaci e la mala compagnia e il riso cinico, Diana, voi che, alle stelle lontane del cielo, avete detto che cosa soffrisse il cuor vostro, nella sua angoscia oscura, trafitto da una freccia mortale.... Tutto è lontano, obbliato, Diana, poichè voi siete sempre *quella*, la donna che io ho amata, la donna che io adoro, come il primo giorno che ho conosciuto la sua esistenza e il suo fascino, nelle calende di maggio, in Roma.... Voi soffrite, Diana, e io tremo di commozione, per la vostra pena, nascosta pudicamente nel più sacro recesso del vostro animo e che avete esalata nel canto, per la terza volta, Diana, parlandomi, parlandomi, lo so, ne son certo, ne voglio esser certo, perchè voi *sapevate che io vi ascoltava*, la terza volta, Diana, perchè voi avete cantato per me, come avete pianto, per me, solo per me, nel dì delle vostre nozze.... Voi soffrite, Diana, e io vi adoro, io soffro con voi, per voi, più di voi, ma vi adoro, vi adoro!

«Paolo Ruffo».

«Nizza, sette marzo...

«Partita, partita, improvvisamente, dove diretta, con chi, per sempre partita da Nizza, per ritornarvi, quando, subito, o mai, Diana? Non posso informarmi, non posso domandare, tanti mi conoscono, qui, tutti vi conoscono, ho timore di chiedere, non so a chi chiedere! Vi ho cercata, oggi, a Montecarlo, a Beaulieu, non vi ho trovata in nessun posto, e da chi saperlo, da chi saperlo, mio Dio? Debbo aspettarvi, debbo partire, debbo seguirvi, ma dove siete andata e la mia lettera, la mia ultima lettera, vi è giunta, prima che partiste? Arrischio questo disperato biglietto e, forse, al vostro albergo, ve lo faran capitare, dove siete, giacchè io non oso entrare al *Ruhl* e domandar di voi.... e se vi giunge, non so dove, Diana, vi porti un mio saluto disperato, poichè, di nuovo, io son precipitato da un firmamento di stelle, ove palpita la vostra gran voce, in una ombra senza suono, ove sono solo e ove mi pare io debba restare eternamente solo.

«Paolo Ruffo».

75

«O la mia grande, la mia bella, la mia cara Roma, che io non vedevo, da dieci mesi, errante, errante, alla ricerca di un'Ombra.... Quando sono tornato, qui, è una settimana, mi è sembrato che la Città, misteriosamente, misticamente, mi cingesse con braccia materne e io riposassi sul suo petto possente e tenero, la mia persona stanca e il mio cuore esausto....

    . . . .

    . . . .

«.... che cosa è, dunque, mia sorella Lisa, di cui la presenza mette tanta sicurezza e tanta soavità, nella persona che soffre, accanto a lei? È una donna semplice e dolce. È tutto. Ed ella non mi vuole più lasciare; e io sento che non posso lasciarla, io che soffro, io che sono suo fratello, dello stesso suo sangue....

    . . . .

    . . . .

«Io non so più dove sia, da tre settimane, la mia Cara Ombra. Come pativa, in Nizza, la mia Cara Ombra, in quella sera già fuggita, in cui ho udito il pianto del suo cuore trafitto, del suo cuore angosciato, del suo cuore martoriato.... ed è subito sparita, l'Ombra dolente; chi sa, chi sa, dove ella porta la sua pena segreta.... Io non ho chiesto più nulla, a nessuno, in Nizza, nei pochi altri giorni in cui vi son restato.... Nulla ho chiesto, qui, a nessuno. La mia Lisa tace; il suo silenzio è una forma della sua consolazione. E dopo le lacrime da me sparse, le lacrime lunghe, che la mia gioia e il mio dolore evocavano, dal fondo dell'anima mia, in quella notte profumata di Nizza, il mio cuore è arido come   una

pietra..... . . . .

    . . .

    . . . .

«In un atto di gentilezza che, ogni tanto, non spesso, sempre più raramente, io ripeto, sono andato a far visita a Beatrice Herz, colei che, un tempo, fu l'amica del mio cuore e dei miei sensi e parve a noi due che il nostro amore fosse forte e durevole ed era, intanto, breve e caduco, come sempre. Beatrice Herz mi accoglie sempre con un sorriso tenue, pallidamente affettuoso, e io son, con lei, mitemente affettuoso; senza mai nulla fare o dire che ricordi il nostro passato. Io credo che ella sappia qualche cosa della mia folle passione, per la mia lunga assenza, per la mia malattia; ma non ne conosce la persona. Beatrice era un poco triste; anche io, assai più di lei. Ella non ha tentato di consolarmi: io non ho chiesto conforto. Ero immensamente triste, andandomene. Così, dunque, si può non amar più una donna che si è tanto amata, come ho amato io Beatrice? Può una creatura umana diventar tanto indifferente?

«Diana Sforza è a Londra, insieme a suo marito, *sir* Montagu. Vi si è recata direttamente da Nizza, *allora*. Attende, suo marito, una grande destinazione diplomatica, dopo aver lavorato tre o quattro mesi al *Foreign Office*. Diana Sforza, spera, con tutte le sue forze, che questa destinazione sia Roma; ma questa speranza sarà certamente delusa. Tutto questo lo ha detto Pia Sergianni a mia sorella Lisa, che ella ha incontrata in una conferenza religiosa. Quando la mia Lisa è rientrata, io ho compreso che volea dirmi qualche cosa di Colei che tiene l'anima mia: i suoi teneri occhi quasi m'interrogavano, per chiedermi di parlare. E i miei l'hanno interrogata, malinconicamente. Ella mi ha detto tutto, piano. Io ho ascoltato, muto, a occhi bassi, sentendo affluire tutto il mio sangue al cuore. E, finendo, un po' tristemente, Lisa ha detto:

«— .... la speranza di Diana Sforza, per Roma, sarà delusa....

«.... delusa.... — è stata l'eco della mia sorda voce che ha ripetuto la scoraggiante parola.

«*Sir* Randolph Montagu è stato nominato primo consigliere dell'ambasciata inglese, a Pietroburgo. Pare che, politicamente, sia un posto di alta importanza. E, d'altronde, *lord* Carnarvon, l'ambasciatore inglese in Russia, è scapolo; e, allora, l'ambasciatrice vera sarà la moglie del primo consigliere, *lady* Montagu.... A Pietroburgo; in una terra tanto lontana: in una terra gelida: in una terra di esilio, o Cara ombra dolente!»

«Roma, quindici aprile...

«È la mia voce che ha balbettato, *eccola,* rivedendovi, ieri, o Diletta, o infinitamente Diletta: ma il mio cuore vi aspettava, in una presenza arcana! Non potevate voi, no, partire per la fredda e tetra terra di esilio, ove vi ha spinta l'aspro e magnifico vostro destino, senza che veniste, prima qui, a salutare la patria vostra, tutta chiara sotto il più azzurro dei cieli, tutta giovane e antica e pur ridente sotto il suo sole di oro, tutta odorosa di piante, di fiori, di erbe, nei suoi campi, nei suoi giardini, nei suoi orti, l'Italia, l'Umbria, Roma, la patria dell'anima vostra, Diana Sforza, la patria della vostra beltà e del vostro orgoglio! Oh come io lo sapeva, che voi dovevate venire, qui, mentre nessuno me lo aveva detto, mentre nessuno vi attendeva, più, mentre tutti vi credevano già in Russia, così lontana, troppo, troppo lontana, fra le nevi accecanti di biancore, nel vasto paese slavo, alla corte dei possenti *czars:* io solo, io solo ho fermamente creduto che non ci avreste lasciati, o Diana, senza venire a darci un saluto, prima di abbandonarci per una così lunga assenza e in un così estremo paese: io solo.... Oh Diana, amor mio unico, e ci lascerete, è vero, mi lascerete, e io non potrò venire con voi, non potrò seguirvi, nel vostro sontuoso e triste esilio? E non dovrò vedervi che, forse, chi sa, ogni tanto, ogni paio di anni, per caso, per un incontro fortuito e forse mai più v'incontrerò, in nessun paese? Diana, Diana, è mai possibile che questa separazione *debba accadere,* fatalmente, e che io debba perdervi, che io vi perda, Diana, che eravate la mia donna e vi hanno rapita, a me? Vi debbo perdere? Veramente? Non vi vedrò più mai, forse? I vostri occhi eran così carichi di una magica tristezza, guardandomi, ieri, quando vi ho incontrata, sotto gli alberi di via Veneto ed eravamo soli, voi ed io, e mai mi avete tanto guardato, mai con tanta infinita tristezza, la tristezza della vostra voce quando essa canta, la tristezza delle vostre lacrime, quando esse scorrono, *tutta* nel vostro sguardo! Debbo perdervi? Non vi vedrò più mai? O che parole di morte sono queste, mai, Euridice mia, mia Amata, unicamente amata!

«Paolo».

«Diana, quanto tempo restate, qui, fra noi, presso a me, con me, in Roma, in Roma nostra, prima di partire per Pietroburgo, sei settimane, è vero, due mesi, è vero? È vero che *sir* Randolph Montagu vi lascia, qui, intendendo e compatendo la vostra intima, profonda pena? Siete sola, lo so: venite da Perugia, lo so: andate quasi ogni giorno da *lady* Melville, a villa *Star,* lo so: girate, per le vie, penetrate nelle chiese, nelle ville, nei musei, quasi a riempirvi gli occhi e la memoria e l'anima di queste grandi cose, belle e intense per lor vita spirituale e sentimentale.... E ovunque andiate, Diana, io non posso che seguirvi, passo passo, fedelmente, come la vostr'ombra, per bearmi del vostro viso, della vostra persona, per riempire, io, i miei occhi e il mio cuore di Voi, di Voi, che ve ne andrete.... Oh Diana, restate quanto più a lungo potete, in Roma nostra, restate, fra noi, con noi, per me, con me, prolungate, Diana, questa dimora, poichè io debbo perdervi, poichè io non dovrò vedervi, forse, mai più, perchè io penso, io sento che non vi vedrò più. Restate, amor mio unico!

«Paolo».

«Questi fiori che vi mando, all'*Excelsior,* sono fiori nostri, fiori italiani, Diana, violette brune come i vostri occhi, rose bianche come la vostra candida fronte, mughetti bianchi come le vostre candide mani: e in quel profumo che esaleranno, per voi, sentite tutto ciò che esala dal cuor mio, così traboccante di una ebbrezza dolorosa, per voi. Diana, quando vi vedrò — io vi vedo sempre! io so sempre dove voi siete! — per la mia lunga devozione di amore, per ogni mio umile e ardente sacrificio, per la mia vita istessa che tante volte ho offerto, per voi, in questo anno di amore unico, Diana, mettete un mazzolino di violette alla vostra cintura, Diana, o un ramoscello di mughetti alla vostra giacchetta, Diana, o un bocciuolo di rosa nella vostra mano. Diana, i giorni passano, la vita fugge e dal mio terribile autunno in Inghilterra, il nodo che stringe la mia anima non si disserra, sempre più mi soffoca, singolarmente, mentre vi vedo, vi ho qui, in Roma, sola, all'estremo di ogni mio desiderio. Perchè soffoco di dolore, mentre voi siete qui? perchè, perchè? Diana, un fiore, un fiore a chi soffre di una pena incomparabile, e di cui egli stesso non comprende l'essenza ignota!

«Paolo».

«Benedetta, benedetta fra tutte le donne, Diana! Voi portavate, ieri sera, poche ore fa, un gruppo di violette oscure, sulla vostra veste bianca intessuta di fili di argento, al teatro Costanzi, ove eravate con Pia Sergianni. Tutta la sera, ho guardato voi e le violette che eran mie e posavano sul vostro petto.... Vi ho attesa nell'atrio: mi siete passata tanto vicino, da sfiorarmi, quasi: ma il vostro volto guardava altrove, ma le vostre violette cadevano appassite.... Oh quale immensa felicità è in me e quanto io soffro, come non ho mai sofferto!

«Paolo».

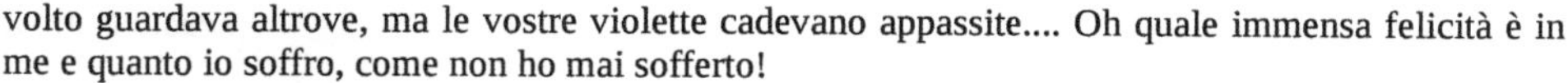

«Roma, diciannove aprile...

«Diana, voglio parlarvi, prima che partiate per la Russia.... Diana, debbo parlarvi, prima che ve ne andiate in esilio.... Diana, voglio parlarvi, prima di perdervi.... Diana, parlarvi, parlarvi, parlarvi!

«Paolo».

«Roma, diciannove aprile, sera...

«Diana, quasi compie l'anno, in cui vi ho udita cantare e vi ho amata.... Diana, è un anno di amore non corrisposto.... Diana, è un anno, in cui quest'uomo è prostrato innanzi a voi e voi non lo vedete e lo lasciate a terra.... Diana, io merito che vi accorgiate di me, per una sola volta, per l'ultima volta, io merito che voi mi lasciate avvicinare alla vostra persona, che mi lasciate salutarvi, dirigervi la parola, dirvi, dirvi, quello che sempre vi ho scritto.... per una sola volta.... per l'ultima volta.... Sono in un'ansia amorosa tremenda, non reggo più a tanto affanno.... Diana, io *debbo parlarvi*....

«Paolo».

«Roma, venti aprile...

«Perchè non dovete voi farmi questa elemosina, Diana? Ciò che al più insignificante uomo è permesso, perchè non deve esser permesso a me? Chiunque sia un gentiluomo, chiunque abbia conoscenza con uno dei vostri conoscenti, ognuno può farsi presentare a voi, banalmente, stupidamente e io, no, io, no? E se neanche debba esser io presentato, Diana, non posso io accostarmi a voi semplicemente, in una via, in una villa, in un salone, in un *hall* d'albergo e salutarvi e parlarvi, con semplicità? Diana, che debbo io pensare del vostro cuore se, dopo un anno di passione mia, esso mi ricusa questo breve, fugace conforto? Che debbo io pensare della vostr'anima, se nega un segreto soccorso morale alla mia, che tanto patisce, assai assai più di prima, come se fosse giunta al culmine del suo dolore? Ma siete voi, dunque, insensibile? Avete un cuore freddo, un'anima arida? Siete insensibile? Gelida, indifferente, siete? Possibile? Possibile? Mi sarei ingannato su tutte le prove di bontà, che mi avete date? Mi sono ingannato, ingannato profondamente, Diana? Sono io indifferente a Colei che non mi ha mai risposto? Possibile? Possibile?

«Paolo Ruffo».

«Roma, ventitrè aprile…

«Diana, io v'incontro ancora, da tre giorni, poichè voi non potete sfuggire alla mia ansietà d'amore e alla mia tenacia: vi ho visto, in tre giorni, cinque volte, da lontano e da vicino, ovunque voi siate stata, uscendo dall' *Excelsior*.... ma costantemente, voi avete voluto evitare che i vostri occhi s'incontrassero coi miei, mai più, in questi tre giorni, in cui sempre mi avete scorto, anche se io fossi lontano: con una pacata ostinazione, il vostro viso è stato sempre rivolto al punto opposto ove io mi trovavo e se, come stamane, un'ora fa, io ho potuto sfidare la vostra volontà di non guardarmi, girandovi due volte intorno, nel vestibolo del vostro albergo, ove eravate con due signore straniere, male me ne è incorso. I miei occhi ardenti si sono incontrati col vostro sguardo, così freddo, così estraneo, così distante, che il mio cuore si è stretto come se finisse di battere....

«.... e voi siete sola, intanto, qui, Diana Sforza, voi siete sola, *lady* Montagu: nè vostro marito, nè vostra sorella vi accompagnano, vi sorvegliano: le amiche che vedete, qui, non restano con voi che un'ora: *lady* Melville, la vostra madrina, se è con voi, spesso, se voi andate, spesso, da lei, non vi sorveglia: voi siete sola, sola, in Roma: voi siete libera, *lady* Montagu. E voi siete venuta, qui, in Roma e io ho potuto credere, con la umiltà della mia devozione, che fra le care cose e le care persone che voi voleste salutare, prima di andarvene tanto lontana, in paese e fra gente tanto diversa da noi, ho creduto che voi voleste rivedere Colui che per un anno vi ha amata, Colui che per un anno vi ha seguita, Colui che per un anno vi ha scritto, Paolo Ruffo.... Così ho creduto e dovevo crederlo, quando, rivedendovi, qui, dopo la notte di Nizza, i vostri occhi pensosi, tristi e altieri, si sono uniti ai miei, in quello sguardo che fa inebbriare i miei sensi, come un bacio.... Così ho creduto, quando voi avete portato, sulla vostra veste tessuta di argento, un mio mazzolino di violette, che languiva sul vostro seno.... E, ora non credo più, non spero più, non so più nulla, giacchè voi che siete sola e libera, qui, ora che mi vedete, mi mostrate un viso di pietra e i vostri occhi sfuggono sempre i miei e nulla è più desolante che la marmorea indifferenza di questo volto e il volger altrove di quegli occhi.... Siete sola, Diana: di chi temete, voi, dunque? Siete libera: chi può obbligarvi, anche senza dirvelo, a mostrarmi, con ostentazione, la vostra glaciale indifferenza? Siete sola: di che avete mai paura? Di me, forse, poveretto, che ho saputo adorarvi senza nessun contraccambio da un anno e che chieggo di parlarvi, una sola volta, prima della vostra grande partenza? Di che avete paura, Diana? E avete mai avuto paura di qualche cosa, di qualche persona, per voi, per me? La paura è anche un'agitazione dei nervi e dello spirito e voi siete immota: la paura è anche un sentimento e voi siete, ahimè, insensibile.... Voi, forse, non avete mai temuto nessuno, mai temuto nulla, neppur me, sovra tutto me, e io sono, per voi, un audace la cui audacia è vana, un temerario inane, un personaggio più noioso che bizzarro.... È così? È così? Io sono, per voi, non è vero, lo studentello, lo scolaretto, che ha preso una cotta violenta e puerile e goffa, per una creatura tanto di lui più alta, per una creatura inaccessibile.... oh Diana, questo, questo, a un uomo che ha trentaquattro anni, che ha vissuto, che ha amato, che ha una coscienza, una dignità.... Diana, è troppo, è troppo....

«Paolo Ruffo».

80

«Roma, venticinque aprile...

«Siate buona, ve ne prego in ginocchio, Diana, in nome dell'amor *mio:* i giorni fuggono, il tempo fugge.... Venite, oggi, a Villa Medici, ove io vi aspetterò dalle tre alle cinque. È aperta al pubblico, oggi, Villa Medici, ma nessuno lo sa o nessuno ci va, perchè è troppo solinga, le sue ombre sono troppo folte e vi regna una malinconia immensa. Venite, anche se io non debba accostarmi a voi; venite, anche se io debba solo incontrarvi, in un viale carico di una penombra triste: venite, anche se io debba solo intravvedervi, di lontano, sotto i vecchi alberi che s'incurvano e hanno unito i loro rami antichi e nodosi: venite, solo perchè io non creda che voi siate la più insensibile e la più dura anima di donna che vi sia nel mondo, e che essa sia stata inutilmente amata da un cuor tenero come il mio....

«Paolo Ruffo».

«Roma, venticinque aprile, sera...

«Tre mortali ore vi ho atteso, Diana, fra i viali che si oscuravano di Villa Medici, fra gli alberi così vecchi e così pesanti, sovra un banco di marmo annerito dagli anni, da cui si scorgeva il grande viale di entrata; tre mortali ore, in quella villa così maestosa e così solitaria, ove io era andato alle due, donde io non son disceso che alle cinque passate: tre mortali ore in cui l'incertezza, la vibrante impazienza, la sorda ambascia e sempre, sempre, una vana speranza mi han combattuto.... Non un'anima nella nobile villa che Mazzarino donò alla Francia e all'arte francese, non un passeggiatore, non un visitatore, io solo, infine, con la mia delusione....

«.... verso le sei, vi ho vista, in piazza di Spagna, ferma innanzi a una vetrina di perle romane. Mi avete visto, è vero, alle vostre spalle, riflesso nel cristallo dirimpetto? Avete curvato il capo, un poco.... Piazza di Spagna è la via per la Trinità dei Monti, per Villa Medici.... ma è anche una via per tante altre direzioni.... Volevate venire? Non siete venuta? Perchè? O m'illudo? Sì, m'illudo, m'illudo, m'illudo!

«Paolo».

«Roma, ventisette aprile...

«Diana, oggi, mia sorella Lisa vi ha incontrata da Pia Sergianni, dove ella era andata per alcune sue discrete opere di religione e di carità, in cui la marchesa Sergianni la seconda affettuosamente. La mia soave sorella è rientrata poco tempo fa e una espressione di smarrimento era sul suo viso così amoroso e i suoi occhi, ogni tanto, si velavano di lacrime. Si è seduta accanto a me, che la guardavo, tutto tremante, vinto da una emozione grande: mi ha preso le mani, ha

81

appoggiata la sua lieve testa sulla mia spalla. E, così, molto sottovoce, con un soffio di voce, mi ha narrato di avervi vista, da Pia Sergianni, in tutta la vostra bellezza purissima, ma in tutta la vostra altissima tristezza. Non avete scambiato che poche e lente e dolci parole, non profonde, non suggestive, con mia sorella Lisa: parole gravi di dolce cortesia, non altro, senza un'allusione, senza un sottinteso, nulla, nulla; ed è piuttosto stato espressivo il silenzio, fra voi e Lisa. Mi ha detto che le avete sorriso, tutte le volte che vi siete guardate, nel non lungo incontro, in casa Sergianni: e che nulla le è parso più penetrante e più toccante che il vostro sorriso, a mia sorella Lisa. A un certo momento, si è parlato della vostra partenza per la Russia, il quindici giugno — ancora sei settimane, qui! — e la marchesa Sergianni, che è molto mondana e molto *snob*, si è congratulata del gran posto, che voi andrete a occupare, voi che siete già quasi un'ambasciatrice.... Voi avete abbassato gli occhi sul pallore del vostro volto e avete detto, solo, mormorando, la parola: *grazie*. E nulla ha più sconvolto l'animo sensibile, l'animo amoroso di mia sorella, che il vostro pallore, che la vostra voce velata, che l'unica parola di ringraziamento. Vi siete levata e dopo un cortese e dolce saluto, siete partita. Non altro. Lisa non ha udito, da voi, nè una protesta, nè un lamento, nè un sospiro: nulla. Ma essa vi ha compatito, così, con la compassione spontanea e discreta che hanno le anime belle verso ogni dolore segreto, che nobilmente si celi nei suoi veli di pudore. Diana, voi soffrite e Lisa lo ha compreso, lo sa e il vostro sorriso le fa struggere l'anima di pietà per la vostra misteriosa sofferenza.... *mentre nel suo segreto il cuor piagato.... s'angoscia e si martora....* come a Nizza....

«Paolo».

«Roma, ventotto aprile...

«Stamane, vi ho seguita di nascosto, da lontano: voi non mi avete scorto, uscendo dall'albergo, malgrado che abbiate scrutato, due o tre volte, le vie larghe, intorno: e vi siete avviata lentamente verso giù, avete traversato la piazza Barberini, siete risalita e avete finito per entrare nella chiesa di San Bernardo alle Terme. Era quasi mezzogiorno e un'ultima messa cominciava all'altar maggiore: la chiesa era quasi piena: siete penetrata molto avanti e siete restata a lungo inginocchiata, a pregare. Io, dalla navata destra, mi sono avvicinato a voi, per quanto più ho potuto, pur tenendomi sempre in penombra, perchè non mi vedeste. Seduta, leggevate in un vostro libro di orazioni, legato all'antica, un vecchio libro, io ho pensato; e pendeva, dal vostro polso, la coroncina del rosario, con le sue medagliette sacre. Vi credevate perfettamente ignota e sola, in quella chiesa: e vi ho vista pregare, leggendo nel libro o ripetendo mentalmente le vostre orazioni, con un fervore continuo, spesso curvando la testa fra le mani, in un raccoglimento semplice e schietto. Quando la messa è finita e la chiesa si è andata vuotando, voi siete restata ancora in ginocchio, assorta nelle vostre preci. Vi siete levata e, poi, pian piano, vi siete diretta verso la porta della chiesa: non restavano che, qua e là, poche persone. Allora io non ho più resistito al mio desiderio sentimentale e vi ho raggiunta verso la porta, mentre tendevate la mano fine e nuda del guanto, verso la pila dell'acqua santa: vi ho offerto l'acqua benedetta, guardandovi fisa.... Avete arrossito, come non vi ho mai visto arrossire, sino alla radice dei capelli — di collera, è vero, di collera contro l'audace? — e senza guardarmi, fingendo di non veder la mia mano tesa, dalle dita bagnate, che faceano il gesto cristiano, non avete toccato le mie dita, non avete più fatto il segno della croce e con un passo più rapido, siete sparita. O crudele, crudele, crudele!

«Paolo».

«Come nella chiesa di San Bernardo alle Terme, in cui mi son celato a voi, fino all'istante tragico in cui vi ho umilmente offerto l'acqua benedetta e voi crudelmente l'avete rifiutata, così, ieri sera, da Giovannella Farnese, voi non mi avete scoverto che quando io, non più dominante la mia volontà, mi son lasciato vedere.... e, così, ambedue le volte, fossi rimasto nascosto, non visto, che il duplice largo sorso di amarezza mi sarebbe stato risparmiato! Per oltre un'ora, voi siete stata in questo ultimo ballo della grande stagione romana, senza sentire, attorno a voi, la mia presenza: eppure da quando siete apparsa nel vestibolo dell'*Excelsior,* sotto il vostro gran mantello di velluto bianco, dal colletto largo di ermellino, io vi ho sempre seguita, a distanza, discretamente e son penetrato nel palazzo farnesiaco di via Capranica, pochi istanti dopo di voi, salendo per l'ampio scalone fiorito dietro la vostra traccia, penetrando nella vasta anticamera, quando voi già eravate nel maestoso appartamento e, infine obliquando, per un'ora, intorno a voi, senza farmi mai scorgere.... I vostri occhi sono, sempre, così vaganti, così distratti....

«.... La vostra veste di un tulle color corallo, in una tinta viva e vistosa, faceva risaltare vieppiù il candore del vostro volto e metteva, intorno a voi, come una fiamma dolce che vi circondasse, senz'accendervi: il vostro collo e il vostro petto eran adorni di una singolar collana di brillanti, a fili lunghi e fini, scintillanti, come rivoletti di acqua corrente, al sole: e sui capelli ondanti dalle tempie alla nuca, tre grandi stelle di brillanti, tremolanti sul loro stelo invisibile, scintillavano, come in un firmamento.... Vi ho visto, ier sera, in una bellezza nova, strana, ardente e pure marmorea, vestita di fiamma, e pure casta e frigida sotto l'acqua lucente delle gemme, sul vostro seno, sotto il luccichio tenue delle stelle, sul vostro capo: ancora una volta, il mio stanco cuore, il mio esausto cuore ha avuto un sobbalzo e si è esaltato in un sentimento di ebbrezza, ove eran, insieme, gioia e dolore. Eravate assai circondata, *lady* Montagu, in quell'ora, ieri sera: avete avuto sempre un piccolo circolo, intorno, sovra tutto di vecchi diplomatici, come vostro marito, ma, anche, di giovani gentiluomini: avete ballato, due volte, la prima con von Rapp, l'addetto militare austriaco, ballerino perfetto, nei giri del *two step:* e un *lanciers* con Guido Motta Visconti.... l'uomo di Nizza, colui che, per miracolo, non mi ha fatto commettere un delitto, è qui, in Roma, e ancora, ancora, gira a voi intorno, tentando, cercando tentare, lo sfrontato, il corrotto, una nuova avventura: ma Veronica Ottoboni, sempre tradita, sempre furente, sempre disperata, lo sorveglia, lo perseguita, minaccia degli scandali, ella che ha quasi cinquant'anni, ella che sa esser quello il suo ultimo amante.... Ma voi non amate, non amerete mai nè Motta Visconti, nè nessuno, voi così gelida, nella vostra veste di fiamma.... Siete restata sola, pochi istanti.... io ho veduto, a poco a poco, il vostro volto perdere quel brio fittizio mondano e farsi più pallido e più chiuso e chinarsi al suolo i grandi occhi oscuri.... È in quel momento che, come nella chiesa di San Bernardo, in cui eravam soli, innanzi al nostro Dio, in quel ballo in cui eravamo fra gli uomini, io non ho potuto più frenare l'impeto del mio cuore. Giovannella Farnese che è un poco mia cugina, che mi vuol bene fraternamente, passava, nelle sue vesti azzurrine, tutta rosea sotto i suoi precoci capelli bianchi:

«— .... Giovannella, vorrei esser presentato a *lady* Montagu....

«— Non la conosci? — ha esclamato, sorridendo. — È Diana Sforza.... ricordati.... vieni, vieni qui....

«Voi ci avete visti giungere, insieme: avete compreso che accadeva, in quell'istante, l'inevitabile. Non vi siete mossa, sulla vostra poltroncina: le vostre palpebre non hanno avuto un battito: la vostra bocca non ha avuto un fremito:

«— Diana cara, ecco il mio bel cugino, Paolo Ruffo, che ha chiesto di esserti presentato....

«Con un sorriso, Giovannella si è subito allontanata. Io mi sono inchinato profondamente, innanzi a voi, come avanti a un altare: voi avete chinato il capo, con un breve e corretto saluto. Non mi avete steso la mano: non mi avete diretto la parola: e io son restato immoto e silenzioso. Con un gesto naturale, avete girato il vostro sguardo, intorno a voi, sullo spettacolo della festa: mai più i vostri occhi son tornati a me. Ritto, tacito, accanto a voi, ma non troppo dappresso, io avevo l'aria di non esservi stato presentato, di non conoscervi, di essere un estraneo qualsiasi, uno spettatore ignoto della festa: voi, avevate l'aspetto di una dama che non conosce il suo vicino, che non l'ha mai conosciuto. Quanti minuti sono trascorsi, così? Eterni minuti, eterni minuti! Li sentivo cadere sul mio cuore come gocce di piombo rovente: e non sapevo come rompere l'atroce tortura, lasciandovi, partendo, voi, che io non ho mai conosciuta, voi che non mi conoscete.... ma Franco Montaldo è venuto a ricordarvi l'impegno vostro, per un ballo: vi siete levata, subito, senza volgervi, senza salutarmi....

«.... mai, mai più ci conosceremo, ci saluteremo, ci parleremo. Vi amo da un anno di un inutile amore: dieci anni, venti anni, potrebbero passare e questo amore sarebbe sempre inutile, sempre inutile.... Così voi volete che esso sia: inutile. E niuna durezza, oramai, niuna crudeltà vi è ignota, per rendere vano e inutile l'amor mio.

«Paolo Ruffo».

«Roma, due maggio...

«O Euridice, Euridice, domani sono le calende di maggio, domani è l'anniversario, in cui l'anima mia fu presa e vinta dalla voce vostra.... Un anno, un anno di amore, o Euridice.... *che non amava Orfeo!*

«Paolo».

«Roma due maggio, notte...

«Stasera — o ricordi, frementi nell'anima anelante! — i balconi e le finestre di villa *Star* erano illuminati e il gran verone centrale aveva anche i cristalli socchiusi.... come un anno fa.... come un anno fa! Voi eravate colà, Euridice.... *ella volse la testa, verso l'Ade e vi restò....* Un silenzio alto era nella villa.... *Euridice restò nell'Ade.... forse volle restarvi....*

«Paolo».

«Roma, tre maggio, mattino...

«Udrò io, questa sera, in compenso del mio devoto amore, del mio fedele servaggio, in ultimo compenso, in estremo compenso, la voce che ho adorata, quasi essa fosse divina? Fra pochi giorni, Colei che così profondamente mi ha commosso e travolto, col suo canto, ma Colei che mai rispose alla mia emozione e al mio delirio, sarà immensamente lontana; e chi sa se le mie fiacche forze mi permetteranno, mai più, di seguirla, chi sa se ella, duramente, crudelmente non mi rigetterebbe, come l'altr'ieri, come ieri! Udrò, per conforto, la voce amata? Io veglierò, tutta la sera, tutta la notte, in questo anniversario....

«Paolo».

«Roma, quattro maggio...

«Inutile veglia, inutile ansia, inutile amore!

«Paolo».

«Roma, dodici maggio...

«Addio, dunque, *lady* Montagu. Le vostre purissime mani ricevono, con questa, l'ultima lettera di colui che vi ha così teneramente, così passionalmente amata: e che solo in queste inani e inerti parole, vergate sovra una carta bianca, ha potuto esprimervi la sua fiamma d'amore. Io non muoio, *lady* Montagu, io che sono un uomo e un cristiano: io non muoio, io non mi uccido: io finisco di scrivervi perchè finisco di amarvi: io ho finito di amarvi. Qualche cosa grande, di me più grande, è morta, in me: è l'amor mio. Persiste la mia spoglia mortale a vivere, pur fatta deserta da questo amore, che ne alimentava le energie e le esaltava: persiste la mia anima immortale a non lasciare questa terra, ove non troverà più nè gioia, nè dolore, nè speranza. Non posso morire; non debbo morire; non voglio morire. È morto l'amor mio che era alto, che era forte, che era bello: e voi che solo ne sapeste qualcosa, dalle mie parole impossenti a descriverlo, voi che non poteste, mai, nè misurarlo, nè apprezzarlo, voi che quando io, fremente, anelante, ho voluto, quasi, imporvi di udir dalla mia voce il suo clamore, lo avete duramente, crudelmente respinto, voi che avete creato questo amore, fuor di voi, fuor della vostra volontà, voi, che, a un certo punto, lo avete distrutto, con la vostra volontà, non piangerete la sua morte.... Io piangeva da tempo su questo amore, che declinava, che languiva, che si esauriva, in me: io ho versato sovra esso le più amare lacrime e credevo, credevo di versarle per Voi, purissima signora, credevo di dolorare per la vostr'altissima virtù, e non mi accorgevo di piangere perchè finiva, in me, una larga ragione di essere, perchè moriva, in me, *quello* che era stata una vita mille volte più forte di mille altre vite, prese insieme.... Quanto ho pianto, nella mia cameretta della *Rosa di York*, a Sherborne, dopo aver errato, una notte, come un fantasma dolente nel parco di Montagu Castle e mi pareva di soffrire per Voi, mentre era la mia immensa delusione che aveva trafitto, con una ferita mortale, l'amor mio.... e ho pianto, a Londra, nel delirio della mia malattia, nella casa di salute di Bedford Street, e io supponeva che la debolezza del mio orribile male facesse scorrere le mie lacrime, e mia sorella credeva che io piangessi pel dolor fisico del mio morbo.... Quanto ho pianto, di collera, di furore, a Nizza, al Cap Martin, credendo che fossero i folli singhiozzi della gelosia che mi rompessero il petto ed erano, invece, i profondi sussulti di una creatura che sente morire, in sè, quel che formava il nodo della sua esistenza.... Ah quel nodo di angoscia che dall'Inghilterra mi stringeva, quel nodo che serrava la mia anima convulsa e le mie fibre convulse, quel nodo che io, istintivamente, oscuramente, volevo sciogliere, volevo rompere, era questo, era l'amor mio, *lady* Montagu, che mi opprimeva, che mi soffocava, prima di rallentare il suo estremo abbraccio, prima di morire.... Avete mai attraversato un profondo bosco di querce, *lady* Montagu, a mezzo autunno? Tutte le foglie si colorano di un rosso vivissimo, come se un flutto impetuoso di sangue si precipitasse nelle lor vene vegetali: fiammeggia la foresta e vi pare che debba, a un tratto, incendersi, sotto il sole di ottobre. Ma se, a metà novembre, i vostri lenti passi, di ritorno, vi conducono nel bosco delle querce, tutte quelle foglie sono del color dell'oro e vi parrà un miracolo di natura la smagliante trasformazione.... Ma, in verità, la fiamma di ottobre è la estrema vitalità delle foglie; e l'oro di novembre è la loro superba agonia. Quando è tutta di oro, la foglia, essa è già morta; il vento di dicembre la staccherà in una fischiante folata, e la porterà, via. Come una foglia rossa di un sangue ardente, ma ultimo, come una foglia di oro fulgido, ma morente, il mio amore, dopo un estremo impeto di vita, si è staccato, morto, dal mio cuore.

«*Lady* Montagu, colui che vi ha incomparabilmente amata è, adesso, una misera cosa, una creatura vuota e arida: e per tanta sua miseria, sopportate che egli vi dica una parola semplice, una parola di verità.... *Lady* Montagu, io ho finito di amarvi, perchè voi non mi avete amato, perchè voi non mi amerete giammai. Con fede, con devozione, con intatta costanza, il mio cuore sarebbe stato vostro, unicamente vostro, se ancora io avessi potuto credere d'esser da voi corrisposto, anche in un giorno molto lontano, anche di una sola simpatia umana, anche di una mite tenerezza. O signora, si può vivere senza felicità, non si può vivere senza speranza. E voi avete ucciso, in me, la speranza, tacitamente e implacabilmente. Io ho compreso, da ogni vostro aspetto, da ogni vostro gesto, sovra tutto da quanto *non avete fatto,* che, nè per il giro degli anni, nè per il mutarsi degli eventi, nè per il cangiar di cielo, la vostr'anima casta e gelida avrebbe potuto mai fondersi con la mia, in compenso di una così lunga mia servitù di amore. Dal dì che io giunsi a Sherborne, in fondo all'Inghilterra, in una mattina di autunno, voi amando, voi seguendo, voi cercando, voi, *lady* Montagu, mi avete ostinatamente fuggito: e ogni mia mala ventura, più tardi e ogni mio patimento d'amore, più tardi, non ha trovato, in voi, neppure la esteriore pietà per un ignoto che soffre. Dio solo ci vedeva, dieci giorni fa, nella chiesa di San Bernardo, ove io feci, verso voi, il gesto della fratellanza cristiana, l'atto della mano che offre l'acqua benedetta: voi non avete voluto toccar la mia mano, in quell'umile atto. Niuno ci guardava, niuno osservava, niuno sapeva di noi, in quella festa di casa Farnese, son nove giorni: e voi non avete voluto che io vi parlassi, e avete taciuto: e mi avete disdegnato, pubblicamente. Per un anno, *lady* Montagu, io era stato vostro servo, vostro schiavo; io aveva affrontato tutti i pericoli: la morte aveva stretto i suoi giri, più volte, intorno a me.... Ma un amore ha bisogno di esser alimentato, da qualche cosa che sia fuor dall'amor nostro; ma un amore ha bisogno di acqua per germogliare come un fiore vivace, come un frutto saporoso: ma un amore non può vivere solo di sè: se nulla lo alimenta, se nulla lo disseta, se nulla lo aiuta a vivere, questo amore s'inaridisce, si dissecca, languisce e muore. Io non sono un pazzo: io non sono un fanciullo. Io sono un uomo, coi suoi desiderii e con le sue speranze: e se mai il più tenue desiderio non possa esser appagato, se mai speranze non possano diventare una realtà, a che amare, più? Ah che infinita miseria è quella in cui mi avete gittato, *lady* Montagu, ora che il mio vano amore si è spento!

«Pure, io vi chieggo perdono, *lady* Montagu, s'io tanto mi sono profondamente illuso sui *segni,* che il mio ansioso cuore e la mia balzante fantasia hanno interpretato, come un vostro consenso segreto, non all'amor mio, ma alla mia immensa speranza. In questa mia settimana di passione e di morte, come quella di Nostro Signore, io ho tanto vegliato, tanto pensato, tanto rammentato, in una lucidità perfetta, sulla mia dolente istoria d'amore e ho compreso di quale folle illusione io fossi stato vittima.... illusione da me, solo da me creata, illusione sublime e fatale, di cui voi non avete colpa nessuna, illusione seduttrice e perfida, di cui voi siete innocente. Nessun segno; nessun segno! Voi avete cantato, tre volte, per voi, per voi sola, e mai, mai per me, avete cantato perchè la vostra voce rivelasse, nel suo canto passionato e grave e triste, rivelasse *a voi stessa,* alla notte, al silenzio, mai a me, mai a me, quanto era celato nel fondo del vostro animo. Illusione:

falsità: menzogna! Voi mi siete apparsa, in momenti strani, in istanti terribili, come se il mio grido interiore vi evocasse, ma solo il Caso, solo il Caso, vi ha fatto comparire: voi mi avete scorto e distinto, fra la folla, mi avete guardato, come se mi ritrovaste, come se mi salutaste, col vostro sguardo che si univa al mio e tutto ciò era un inganno mio sentimentale, era un mio inganno ottico.... Niente segni, niente, poca cosa, piccola cosa, cosa vanente, svanente, tutti gli altri segni, tutto quello che mi era parso una grande cosa, sol perchè vi amavo e speravo d'esser amato, un giorno.... niente, nulla! La cintura nera sulla vostra veste bianca, le lacrime del vostro giorno di nozze, il saluto notturno di Ostenda, i fiori del *Piccadilly hotel*, e i fiori di Roma, sempre il Caso, non altro che il Caso, inconscio frodatore del mio cuore! Oh! perdono, ancora, *lady* Montagu, se per questi segni vani, per questi segni inesistenti, io ho creduto, fermamente creduto, che voi veniste a me, che lunga era la strada, ma che, a passo a passo, attratta dal mio amore, voi l'avreste percorsa tutta; perdono, virtuosissima donna, se io ho creduto che voi, *lady* Montagu, che eravate la purissima Diana Sforza, voi, moglie di un altro, aveste potuto tradirlo, rompere il vostro patto con lui, violare ogni vostro giuramento, rinnegare il voto fatto a Dio e la promessa fatta alla legge, uccidere il pudore della vostr'anima e il pudore della vostra persona, per amarmi, per amar me, lo sconosciuto, il passante, l'ospite inatteso, l'intruso: e darvi all'intruso, per sempre, in un dono supremo. Perdonatemi, *lady* Montagu, di aver creduto, con la Sposa del Cantico de' Cantici, che l'amore fosse più forte della morte. Esso è meno forte della virtù, l'amore: esso è nulla, innanzi alla vostra virtù, o Signora. Io ho amato una donna: voi siete una santa. Bacio il lembo della vostra veste, o Signora....

«Domani, *lady* Montagu, io lascio Roma e l'Europa, per un viaggio lunghissimo, in paesi che sono al confine del mondo: e se uno di questi paesi misteriosi mi attirerà più degli altri, io mi fermerò, colà, e vi metterò dimora, per sempre, non ritornando mai più nella mia patria. Debbo esiliarmi. Debbo abbandonare Roma e l'Europa dove, dapertutto, potrei incontrarvi ancora e ho giurato di non vedere mai più il vostro volto, che m'inebbriava: dove, dapertutto, troverei le tracce del mio inutile amore, e se pure l'arme che mi ha colpito, in pieno petto, non mi ha materialmente ucciso, se pure il tempo venga a cicatrizzare questa ferita ora sanguinante, a goccia a goccia, io sono così fiacco, così triste, così attossicato, ancora, così traboccante di amarezza, ancora, che l'esilio, l'esilio mi è necessario. Soffro di aver amato: soffro di non amar più. Mia sorella Lisa viene meco, in esilio: è un pellegrinaggio di pietà fraterna, che ella compie, silenziosamente. Lascia la sua casa, Lisa, la sua terra, la sua patria, il cimitero dove sono i suoi morti, per seguirmi, per accompagnarmi nel mio malinconico esilio: ne ha una pena profonda, ma non la dice: ma più grande sarebbe, questa pena, se io partissi solo. In questi giorni abbiamo realizzato abbastanza denaro, per andar lontano, per mezzo del nostro notaio: man mano, egli ci manderà, laggiù, le nostre modeste rendite: viaggeremo senza lusso, vivremo senza lusso, come due quieti stranieri, Lisa mia ed io. Nessuno conosce il segreto del nostro viaggio, salvo l'uomo di legge, che è vincolato dal suo segreto professionale: nessuno ne saprà, mai, nulla. Spariremo, così, Lisa ed io. Si parlerà un giorno, di noi, fra quelli che ci amavano o credevano di amarci: poi, non più. Lisa mia a nulla e a nessuno tiene: io, dato a voi, donna di preclara virtù, gelida e pura come l'acqua montana, il saluto, non tengo più a nulla e a nessuno. Partiremo, scompariremo, così, domani, prima che questa lettera vi giunga: domani, partiremo, soffrendo, insieme, di questo estremo distacco dalla casa nostra, da Roma nostra, dall'Italia nostra, ma tacendo insieme, sul nostro patimento e, forse, consolandocene, laggiù, col tempo, o non consolandocene, mai, mai, pur vivendo insieme, in malinconica e fedele compagnia. Lisa si è a me votata, in devozione fraterna: io mi lego a lei, in tenerezza anche più salda, per tanto suo sacrifizio. E nulla potrà portarci di nuovo, l'avvenire, nelle nostre anime e nei nostri casi, se non un seguito di giorni eguali e monotoni, senza più nulla che una rassegnata tristezza, un rassegnato rammarico. Nel paese ignoto, ove vivremo, ignoti a tutti, noi aspetteremo, senza desiderio, ma senza timore, l'ora della grande dipartita....

.   .   .   .

«O voi che foste la mia Euridice, o Creatura del mio sogno, o Creatura della mia illusione, o Diana, Diana, o amor mio unico, o amor mio ultimo, o voi che io non vedrò più mai, coi miei occhi mortali, addio, addio!

«Paolo Ruffo».

Mr. MAETERLINCK. Chansons

I.

Era il quarto inverno, ormai, in cui *lady* Diana Montagu giungeva a Bordighera, ai primi di dicembre per restarvi sino alla metà di aprile: e l'*Hôtel Angst* le conservava, ogni anno, il suo consueto appartamento, in pieno sole, a un angolo del primo piano, un po' nascosto da un folto gruppo di palmizi del giardino. Nel primo inverno *lady* Diana Montagu non era venuta sola: suo marito, *sir* Randolph Montagu, l'aveva accompagnata, rimanendo una settimana a Bordighera, ma andando, ogni giorno, a Sanremo, ove eran moltissimi inglesi e si giuocava forte, o a Montecarlo: poi, dopo otto giorni, era partito. Subito dopo, era arrivata donna Vivina Sforza, la giovine sorella di *lady* Diana e si era trattenuta circa tre mesi, a Bordighera. In quella stagione, malgrado che avesse sempre l'aria stanca, *lady* Montagu era escita ogni giorno, a piedi, in automobile, in barca: ma rientrava, spesso, stanchissima, con un bisogno di riposo e di silenzio. In quella stessa stagione, le due sorelle ricevevano molte visite di amiche, di amici, che venivano da Nizza, da Montecarlo, da Sanremo, ridenti, rumorosi, invadenti il tranquillo albergo *Angst:* ma, spesso, *lady* Montagu lasciava che la sua lieta e spensierata sorella si occupasse degli ospiti, mentre ella si ritirava nella sua stanza: spesso, donna Vivina Sforza si assentava, andando a passare due o tre giorni con amiche, con amici, a Sanremo, a Cap Martin, a Nizza, tutta vibrante di fresca giovinezza. Quando, alla fine della stagione, *lady* Montagu partì, con suo marito che era venuto a prenderla, per Pietroburgo, non pareva che l'aria balsamica e la quiete di Bordighera avessero rianimato le sue forze un po' disperse e ricolorito il suo bianchissimo volto. Nel secondo inverno, *lady* Montagu giunse accompagnata da una vecchia zitella inglese, *miss* Annie Ford, una simpatica donna che aveva vissuto molto in Italia e che parlava benino l'italiano, un singolare miscuglio di amica povera, di dama di compagnia e d'infermiera. La grande beltà di *lady* Montagu era velata da una lassezza che, talvolta, ella giungeva a dominare, quando era in pubblico, con persone: ma che la sopravvinceva, quando restava sola, con *miss* Ford. In quell'anno, ella era escita meno: preferiva qualche breve passeggiata a piedi, sulla spiaggia o sulla collina, nei boschetti odorosi che sovrastano Bordighera: preferiva qualche passeggiata in vettura: non andava più in automobile: non andava più in barca. Spesso, scendeva in giardino, sotto i palmizi, restandovi ore intere, leggendo, talvolta; ma, quasi sempre, tenendo fra le mani troppo bianche, fra le dita un po' scarne, un ricamo d'arte, in cui dava dei punti, distrattamente; talvolta era Annie Ford che le leggeva, sottovoce, presso la sua poltrona, un libro inglese, un libro francese. *Miss* Annie Ford era di umor sempre sereno, attenta a ogni gesto di *lady* Montagu, rapida, apparendo e sparendo, sempre per appagare un piccolo desiderio, un piccolo ordine della bella Diana. Costei, talvolta, di sera, nel suo salotto del primo piano, suonava il pianoforte, ma in sordina, con un tocco molle e lieve: qualche volta, anche, accennava di cantare, ma sempre sottovoce, non avendo altri ascoltatori che *miss* Ford. A metà stagione, era venuto *sir* Randolph Montagu a far visita a sua moglie, da Pietroburgo: ma non era restato che tre giorni, senz'allontanarsi mai: era ripartito, più taciturno e più glaciale nella sua rigida fisonomia britannica. In fine, *lady* Montagu era andata via, con *miss* Ford. Si domandava, dai curiosi, al maggior medico di Bordighera, un inglese che vivea colà da venti anni, *mr.* Evans, se *lady* Montagu fosse tisica.... «Tisica? Mai! Non era neanche ammalata, la bella italiana: non era che molto debole, una debolezza che potea perfettamente curarsi....».

In lutto strettissimo, chiusa nei grandi veli neri del cordoglio, il terzo inverno aveva ricondotto a Bordighera *lady* Diana Montagu: e sotto il crespo nero opaco del suo cappello, l'orlo riccio di tulle bianco, posante sui bei capelli ondati, diceva che ella era vedova. Quell'anno, in estate, *sir* Randolph Montagu aveva voluto aggiungere l'alpinismo, a tutti gli altri *sports* che egli praticava, con muto ardore: e, insieme a due amici, era rimasto vittima di una tormenta di neve, sul Mönch, uno dei monti che si staccano dalla Jungfrau. Dopo dieci giorni solo dal tragico accidente, i tre cadaveri erano stati rinvenuti, in uno di quei *corridors* dei grandi ghiacciai sinistri; e riportati a Interlaken, perfettamente riconoscibili. *Sir* Randolph Montagu, con un testamento che portava la data precisa, quella del giorno dopo delle sue nozze, aveva lasciata erede universale di sua fortuna Diana Sforza, diventata *lady* Montagu. Era giunta ai primissimi di dicembre, più presto del consueto, *lady* Montagu, accompagnata da *miss* Ford, anche essa portante un lutto discreto, come la sua signora e amica. Nei rigorosi vestiti neri, senz'alcun ornamento, la persona alta e snella della giovane vedova di *sir* Montagu sembrava più magra, come serrata in una guaina austera di crespi neri: e il volto, quando ella sollevava il suo lungo velo e lo rigettava indietro, sugli altri veli, appariva di una bianchezza esangue, e ceree le lunghe mani sottili uscenti dall'orlino bianco dei polsini, senza una gemma sulle dita fini, salvo la fascia d'oro dell' anello coniugale. Esangue il volto che era stato così finemente roseo di Diana Sforza: e bianca, opaca, come un'ostia, la pura fronte; e pallidissime le labbra ove, un tempo, non molto tempo prima, affluiva il vivido sangue della gioventù: e tutto uno sfiorimento e tutto un decadimento di quel viso ove la bellezza, non molto tempo prima, aveva avuto la sua espressione più nobile. Attorno a lei, in Bordighera, ove tutti, ora, la conoscevano e nell'*Hôtel Angst,* vi era come un senso di riguardoso rammarico, per il suo grande lutto che ella teneva rigorosamente, per questo suo sfiorimento che, nelle vesti nere, era più impressionante. Anche le sue forze fisiche eran molto declinate: il colpo improvviso della tragica morte di suo marito, quella solitudine e quel cordoglio che, a un tratto, fasciavano la sua vita, dovevano aver avuto, in lei, una ripercussione profonda. Ora, non esciva che alla domenica, per andare alla messa delle nove, nella chiesa dell'Assunzione, che sta un po' fuori di Bordighera, sulla via di Ospedaletti: e quel cammino non lungo le pesava, certo, giacchè ella lo compiva con lentezza, quasi mancandole il fiato per continuare: accanto a lei, *miss* Ford le portava un altro mantello e un *plaid* che le collocava sulle ginocchia, quando la vedova *lady* Montagu s'era seduta, in chiesa, come disfatta, e aveva piegato il volto fittamente velato di crespo, sulle mani. Così restava, *lady* Montagu, tutto il tempo della messa, senza mai inginocchiarsi, forse perchè non ne aveva la forza: ma il suo capo, talvolta, si abbatteva sulle sue mani e non si rialzava che alla fine: con un grande segno di croce, ella si levava, si allontanava, chiusa nella sua nera pelliccia, coverta dai suoi veli vedovili, chinando la testa appena, nella via, ai saluti rispettosi che riceveva, non fermandosi con nessuno, non parlando con nessuno, giungendo affaticatissima al suo albergo, con un respiro anelante e, infine, penetrando nel suo salotto, ove ardevano i ceppi nel caminetto, mettendosi innanzi al fuoco, curvandovi il suo volto candido come l'ostia e freddo, accostandovi le sue mani diaccie, senza giungere a riscaldarsi. Il suo salotto era pieno di sole, di liete vampe del caminetto, di fiori fragranti: ella si sdraiava sui cuscini molli della *chaise longue* e rimaneva immobile, con le palpebre abbassate, le tenui palpebre che avevano una sottile linea di viola.... Ronzava, intorno, *miss* Ford, occupata a mille piccole cure, ronzava, senza far più rumore di una mosca, fermandosi, ogni tanto, a guardare il viso smorto dalle labbra smorte, e le palpebre socchiuse, un po' violette di *lady* Montagu, e la candida mano troppo scarna sul cui anulare si abbatteva il cerchietto d'oro, fatto troppo largo. Non soffriva, non piangeva, non si lamentava, di nessun male, Diana Montagu: ma il suo abbandono, il suo distacco, la sua indifferenza stringevano il cuore di chi la vedeva, in quelle lunghe ore. Non la vedevano, così, che *miss* Ford e Celestina, la cameriera dell'albergo: una o due volte per settimana, veniva *mr.* Evans, a fare una visita, *lady* Montagu si sforzava a riceverlo come un visitatore, non come un medico, si alzava, conversava con lui, lo ascoltava pazientemente, in quello che le consigliava, accettando ogni sua prescrizione, gli offriva il *the* e, dopo, quando egli era escito, ricadeva in quel suo torpore, da cui solo *miss* Ford, ogni tanto, giungeva a strapparla con una dolce violenza. Diceva meno, ormai, in pubblico, il dottor Evans, che la bella italiana non era malata. Diceva, borbottando: «.... potrebbe guarire, se volesse.... potrebbe guarire....» e non soggiungeva altro.

Con mezzi ingegnosi, con tenera violenza, *miss* Annie Ford tentava di scuotere il mortale languore da cui *lady* Montagu si lasciava vincere. Cercava di parlarle dell'Italia, di Roma, di donna Vivina Sforza, le cui nozze con Sandro Falconi, di un'antica famiglia perugina, erano imminenti; ma dopo pochi istanti, Diana non rispondeva che con un cenno della testa, il suo viso si contraeva, come per un fastidio della voce di Annie Ford. L'altra taceva. Ma se la vedeva riaversi, le portava dei libri, perchè ne scegliesse qualcuno, che ella le avrebbe letto: le rimetteva sotto le fredde dita inerti qualche ricamo, per tentare di farla lavorare: le portava dei fiori freschi, glieli scioglieva in grembo, si inginocchiava innanzi a lei, coi vaselli in mano, perchè Diana ve li componesse, senza fatica: schiudeva un po' le tende dei veroni, quando i cantatori ambulanti si fermavano, in giardino, a cantare *Oi Marì* e *'O sole mio*.... Sì, allora si ridestava, Diana Montagu, tendendo l'orecchio, ascoltando, con attenzione, con un'ombra di sorriso, sulle labbra che non avevano più una goccia di sangue: e *miss* Ford, segretamente, li faceva venire, ogni pomeriggio, quei cantatori. Talvolta, Diana si levava, nella sua lunga veste nera e andava al pianoforte, toccando i tasti, con una mano: talvolta, ancora, con voce fievole ripeteva un ritornello, che Annie Ford non conosceva, ma sempre lo stesso, triste e passionale, fievolmente. E si ridestava, dai suoi lunghi silenzi, dai suoi torpori Diana Montagu, quando arrivava la posta, tre volte il giorno. Era Annie Ford che gliela portava, appena giunta, tanto aveva compreso la silenziosa ansietà di Diana: e gliela lasciava e scompariva, discretamente, mentre vedeva mutarsi il pallidissimo viso e tremare le ceree mani, toccando le lettere. Quando rientrava, più tardi, comprendeva Annie Ford, a quel viso fatto più chiuso, più indifferente, più distante, che la *lettera attesa non era giunta*.

Quanti giorni, trascorrenti, un dopo l'altro, questa lettera fu attesa e mai, mai, essa venne, per settimane e mesi! Sin che Diana Montagu si scorò, disperò di mai più veder giungere il messaggio invocato: e tutte le sue delusioni si unirono, per abbattere la sua anima che era vissuta di un segreto desiderio. Ella non si occupò più della sua corrispondenza: appena se volgeva gli occhi, sempre velati di una lassezza infinita, quando Annie Ford entrava con lettere e giornali. Le lasciava ammucchiare, sovra un tavolino, presso la sua *chaise longue:* vi rimanevano, chiuse, queste lettere, talvolta per ore e ore, per giornate. Timidamente, una volta, *miss* Ford propose a *lady* Montagu di aprirle, di leggergliele: l'altra fece un gesto annoiato di adesione e non levò neppure le palpebre, durante la lettura. Un telegramma portò la notizia lieta delle nozze di donna Vivina Sforza con Sandro Falconi, a Perugia: la vedova di *sir* Randolph Montagu non aveva potuto presenziare a tale festa, per il suo grave lutto e per la sua salute malferma, ma essa, invece, aveva generosamente costituita una dote a Vivina e le aveva, anche, inviato i più bei doni, da Bordighera. Nel dispaccio, Vivina e Sandro Falconi salutavano ed esaltavano la diletta sorella maggiore e promettevano di venirla a visitare fra giorni, nel viaggio di nozze. Vennero. Con uno sforzo profondo di volontà, *lady* Montagu cercò di superare, per breve tempo, il suo misterioso ed essenziale languore, cercò e trovò nella sua volontà una forza fittizia e fugace, si creò un aspetto meno funebre, nelle sue vesti di gramaglie, nel suo volto troppo bianco, nella sua fragile persona. In una gentile e gaia ebbrezza di amore giunsero i giovani sposi: la tenerezza quasi filiale di Vivina per la sua grande, per la sua magnifica sorella, come diceva la sposina, la simpatia grata e affettuosa di Sandro Falconi, parve che riscaldassero, un poco, il deserto e gelido cuore di Diana. Ma la vaghezza di un viaggio di piacere, in bei paesi lontani, soli, insieme, riprese gli sposi, segretamente, li vinse. Neppure si accorsero quanto Diana Montagu restasse solitaria, malata, senza conforti, in Bordighera, in un paese non suo, in un albergo, con l'unica compagnia di una familiare; presi l'uno dell'altro, presi dal loro sogno, non compresero che colei che essi lasciavano colà, indietro, senza voltarsi, era l'ombra sparente di Diana Sforza. Vollero partire, presto, presto: dissero, in fretta, che sarebbero tornati, più tardi, o, forse, si sarebbero incontrati, a Roma, con Diana, o in un altro paese, ove ella fosse: chi sa dove.... Un bacio frettoloso, di Vivina, sovra una fredda guancia: un bacio rapido di Sandro Falconi, sovra una fredda mano: e la smorta donna li lasciò partire, senza nulla soggiungere, seguendoli con un lungo sguardo, così singolare, che essi non potettero notare, spensierati, fuggenti, via, verso il loro avvenire, uno sguardo così espressivo, così suggestivo, che sgomentò Annie Ford. La buona servente si curvò verso *lady* Diana, che era ricaduta, immobile, sui suoi cuscini, osò chiederle:

— Ma che ha, Vostra Grazia? Che pensa?...

— .... che voi, certo, rivedrete mia sorella Vivina....

— E Vostra Grazia?

Ma *lady* Diana Montagu voltò il capo dall'altra parte e non volle più rispondere.

II.

Niuno seppe in qual mattino o in quale sera di novembre, fosse giunta in Bordighera, per il quarto anno, *lady* Diana Montagu insieme a *miss* Annie Ford: nè se fosse giunta in treno o in automobile, a piccole tappe, come si diceva: nè, per tre settimane, la gente si accorse che ella era nel suo *Hôtel Angst*, nel consueto suo appartamento. Non fu vista escire, nè per la messa domenicale, nè per una passeggiata: non fu vista in giardino, nel piccolo boschetto dei palmizi, ove gli altri anni ella aveva la sua poltrona e un tavolinetto. Solamente, quasi ogni giorno, *miss* Annie andava e veniva, per Bordighera, rapida, ma tranquilla, col suo viso pacato e sereno, britannico, ove la gioia e il dolore non trapelano, mai, per il grande pudore sentimentale inglese. Qualcuno, di sua conoscenza, la fermava, le domandava notizie della salute di *lady* Montagu:

— Molto meglio: molto bene — rispondeva, invariabilmente, con un sorriso, Annie Ford.

Talvolta, il viso di chi interrogava, mostrava la sua incredulità malinconica:

— Prego: veramente meglio: veramente bene — insisteva Annie Ford, allontanandosi.

Poi, in un giorno di sole tiepido, in dicembre, Diana Montagu apparve, sul suo verone guarnito di fiammanti gerani: vi si assise in una grande sedia a sdraio: vi rimase, due o tre ore, tenendo nelle mani un ombrellino verde, per riparare solo la sua testa dal sole. Era vestita di bianco, tutta di bianco, essendo passato oltre l'anno dalla morte di *sir* Randolph: aveva una pelliccia bianca che la copriva intieramente. Sotto l'ombrellino si scorgeva un viso bianco diventato piccolo piccolo, come quello di una bimba: e la mano che reggeva l'ombrellino era fine e scarna, con le sue unghie troppo bianche e troppo lucenti. Si disse che a tentar di curare il suo profondo languore, la sua anemia mortale, le avessero ordinato, ora, dei bagni di sole: e chiunque passava, dalla mattina a mezzodì, nella via, oltre il giardino dell'albergo, si voltava a guardare quel piccolo viso, immobile sotto l'ombrellino verde. A mezzodì spariva il sole, da quel verone: e *miss* Annie Ford, che era, sempre, poco lontana, aiutava *lady* Montagu a levarsi, le due donne rientravano, una cameriera veniva a portar via scialli, pellicce e cuscini, i cristalli del verone si richiudevano. Dentro, ardeva un fuoco vivissimo. Dopo aver accompagnata al suo canapè, presso il caminetto, *lady* Montagu, dopo averle raccolto, intorno, tutto quanto ella potesse desiderare, sui tavolinetti, sulle mensolette, Annie Ford aspettava gli ordini, se restare, se andare. *Lady* Diana li dava con un lieve segno della mano. Spesso, chiedeva di esser sola: ma Annie Ford non si allontanava molto: dall'altra camera, ella tendeva l'orecchio, a un suono, a uno scricchiolio. Spesso, era un silenzio impressionante, che l'angosciava, poichè, quando era sola, Annie Ford, non celava più la sua pena intima: le sembrava, quasi, che *lady* Montagu non respirasse. Ma era così leggero e così corto, oramai, il suo respiro!

Talvolta, Annie Ford udiva un rumore consueto: il girare di una chiave, aprente un cassetto chiuso di una scrivania, che era accanto al caminetto, a portata di mano di Diana Montagu: udiva il fruscìo delle carte che la sua signora aveva tolte dal cassetto: e sapeva, allora, che, per una lunga ora, Diana Montagu avrebbe riletto le lettere che eran conservate in quel cassetto e che per una lunga ora non l'avrebbe chiamata. Quando squillava, fiocamente, il campanello e Annie Ford accorreva, il piccolo viso di Diana era contratto in una espressione tetra, talvolta disperata. Non vi erano tracce di lettere, attorno a lei: erano chiuse, nel cassetto, forse sino all'indomani. E con voce bassa e cupa, Diana diceva ad Annie:

— Leggete.... leggetemi qualche cosa.

— Che cosa, che cosa, Vostra Grazia?

— Non so.... non so.... — mormorava, cupamente, la donna.

E, infine, era un libro di meditazioni filosofiche, di meditazioni mistiche che Diana indicava. Subito, se ne stancava e chiedeva che Annie le leggesse qualche passo della *Imitazione di Cristo*. Preferiva i passi più amari, più lugubri, ove tutta la vanità, la caducità, la miseria delle affezioni umane è espressa in dure e taglienti parole.

— Basta — ella diceva, a un tratto.

E i suoi grandi occhi oscuri si aprivano, larghi, sul piccolo viso così scarno, dalla pelle lucente e pareva che ella volesse vedere più in profondo, vedere *più oltre*. Annie Ford si desolava: faceva sparire i libri di mortale tristezza dello spirito, tentava di dire qualche cosa, lei, di grazioso, di gentile, per ritrarre *lady* Diana Montagu da quell'abisso di dolore, a cui parea si affacciasse. Talvolta, vi riesciva. Ma in un giorno di dicembre, presso Natale, ella ebbe uno spavento immenso: poichè, dopo aver aspettato un paio di ore, che *lady* Diana la chiamasse, aveva osato penetrare e l'aveva trovata svenuta, sul suo divano, fra un fascio di lettere sparse, intorno a lei. Era rinvenuta a stento, da quella sincope: nel rinvenire, ella aveva scorto gli occhi della sua umile servente pieni di lacrime e un profluvio di lacrime aveva bagnato il piccolo volto di Diana e, per la prima volta, *lady* Montagu aveva piegato la testa sul petto di colei che la serviva devotamente. Così, il dì seguente, a una certa ora, *lady* Diana aveva chiamato Annie e le aveva detto, con uno sguardo strano, con una voce strana:

— Volete, Annie, legger voi, per me?

E le aveva porto un pacco di lettere:

— Ad alta voce, *lady?* Ad alta voce?

— Sì: io vi ascolto, Annie.

Il pacco delle lettere era annodato con un nastro lilla: sovra la seta erano ricamate sottilmente, in argento, queste parole: *Che farò, senza Euridice?* E in quel pomeriggio d'inverno, Annie Ford prese la prima lettera, di uno sconosciuto a una sconosciuta, e col suo accento un po' gutturale, inglese, la lesse a *lady* Montagu. Non dava inflessione, non dava espressione, la inglese alle frasi di amore: ma ogni parola parea che penetrasse nell'anima di Colei che l'ascoltava, distesa fra i suoi cuscini di seta e di batista, nelle vesti lilla del suo mezzo lutto. Udiva la lettura, *lady* Montagu: e si tramutava il suo viso, ogni tanto: e quasi i suoi occhi si spalancavano a guardare una visione lontana: e quasi le sue labbra si schiudevano per parlare, per cantare.... Si arrestava, un istante, la lettrice, turbata, commossa, sogguardando l'ascoltatrice: ma quella, impaziente, le facea cenno di continuare....

Ogni dì, adesso, come l'anno volgeva al suo termine, *lady* Diana chiedeva che Annie Ford le leggesse, dappresso, due o tre lettere, in ordine della loro data, più brevi, più lunghe. Con animo smarrito ma pieno di pietà, la donna compiva il bizzarro ufficio, sentendo che non poteva negarvisi e avendo, nel suo semplice animo, il sussulto per una rivelazione troppo più forte di quanto avesse udito e compreso, mai, nel mondo, dell'amore. Ma, anche, ogni tanto, *lady* Diana Montagu non reggeva a quella lettura: il suo respiro si faceva affannoso: pareva che la vita le sfuggisse, tastando, un poco, con le mani, sulle sue coltri di pelliccia. Si fermava, sconvolta, la lettrice; lasciava cadere la lettera: cercava di soccorrere *lady* Diana in quelle crisi che, ormai, si rinnovavano troppo spesso. Finchè, un giorno, l'ultima lettera fu letta, a bassa voce, lentamente, da Annie Ford, fu letta con voce tremante, senz'osar più di fermarsi, senz'osar di volgere gli occhi verso la sua povera signora che era, lì, immota ma intenta, che era muta e gelida, ma i cui occhi ardevano, secchi, senza una lacrima, nella loro disperazione....

. . . .

   Nel gennaio tempestoso, nel gennaio piovoso, nell'umido e oscuro gennaio, in Bordighera, *lady* Diana Montagu venne perdendo le poche sue forze. Non voleva restare nel suo letto, per un capriccio, per uno sgomento di malata: e come se fosse una bimba, dopo averla vestita, di bianco, di lilla, Annie Ford, ne sollevava nelle sue robuste braccia il corpo diventato piccolo, fra le batiste e i merletti, lo deponeva delicatamente sulla sedia a sdraio, presso il fuoco, lo avvolgeva di pellicce, di piumini, lasciando scoverto solo il breve viso, ove gli occhi erano diventati immensi, ove sulle gengive esangui, le labbra esangui si stiravano, nel respiro penoso. Sempre veniva il dottor Evans e aveva l'aspetto sereno, entrando, uscendo; ma, ora, non ordinava più nulla, nessuna medicina, più, solo delle forti alimentazioni: e la sua inferma non voleva cibarsi, di niente, di niente, poichè tutto la nauseava. Crudele gennaio, senza sole, in Bordighera, come da anni non si era mai avuto, senza sole per tanti malati, che eran venuti a cercarlo, che ne avean bisogno, per vivere ancora un poco, per tentar di combattere il proprio male, crudele gennaio, in cui i malati battevano i denti nelle camere riscaldate e coloro che li assistevano eran pallidi e pensosi: crudele gennaio per *lady* Diana Montagu, sola nella sua stanza di albergo, lontana dal suo paese, lontana dalla sua famiglia, a cui, da tempo, non faceva scrivere che notizie vaghe e brevi: crudele gennaio, per Diana Sforza, cui solo una familiare, di un altro paese, di un'altra razza, di un'altra religione, prodigava le cure più affettuose, in una devozione oscura. E fu a costei che, in una sera di febbraio, Diana Sforza parlò, con un soffio di voce, lentamente, ma esprimendosi nettamente:

   — Annie, Annie, volete voi contentarmi?

   — Oh *lady* Montagu, o mia signora, sì, sì — esclamò Annie Ford, curva sul povero piccolo volto magro e lucido.

   — Dopo.... voi cercherete Paolo Ruffo, Annie....

   — Io lo cercherò.

   — Lo cercherete dapertutto, Annie: lo cercherete in tutto il mondo, in capo al mondo, giuratemelo....

   — Dapertutto, lo cercherò: lo giuro.

   — Quando lo avrete trovato, Annie, voi gli direte questo: «Diana Sforza vi ha sempre amato: dal primo istante, vi ha sempre amato....».

   E la voce si levò, in queste parole, con un solenne ardore: e un singulto, infine, franse il petto di Annie Ford.

   — Oh mia signora, oh mia santa signora.... — proruppe, fra i singhiozzi, Annie Ford.

   — Io non ho voluto peccare, Annie.... — disse, semplicemente, Diana Sforza. — Io avevo promesso: io avevo giurato. Ho spezzato il suo cuore: ma anche il mio, Annie, Annie, diteglielo, il mio cuore che era suo....

Un grave silenzio si fece nella camera. Diana Sforza stese la sua piccola mano, a toccare quella della sua devota e soggiunse con voce strana:

— Paolo Ruffo è forse morto, Annie....

— Speriamo di no, speriamo....

— È morto, forse, Annie.... l' anno scorso, quando ho perduto *sir* Randolph.... ero libera.... ho fatto stampare un avviso, in tutti i giornali, chiamandolo.... egli solo poteva intenderne il senso....

— Ebbene, *lady*....

— Egli non è mai venuto, Annie: egli non ha mai risposto....

— Forse.... non ha letto, *lady*....

— Forse è morto, Paolo Ruffo.... — disse, tetramente, Diana Sforza. — E non saprà mai, mai nulla....

A capo chino, la servente taceva. E, a un tratto, come un grido lacerante, escì dal petto esausto di Diana Sforza:

— Cercatelo: ovunque, cercatelo: diteglielo che l'ho amato, dal primo istante: diteglielo che non ho mai finito di amarlo!

Il cuore di Diana Sforza finì di battere, in un mattino tiepido e chiaro di febbraio: il brevissimo respiro si spense fra le sue labbra bianche: e dietro un sottil velo di cui, negli estremi giorni suoi, ella covriva il suo viso, i suoi grandi occhi, oscuri e tristi occhi, si chiusero per sempre. Parve, in questi estremi suoi giorni, Diana Sforza, non rimpiangere nè la sua bellezza, nè la sua gioventù, nè le lusinghe carezzose della primavera, del sole, del mare: parve distaccata già da tutti i dolci tranelli della terra, indifferente a ogni sogno e a ogni desiderio: a colei che l'assisteva, negli estremi giorni, ella non rispose, più, neppure col sorriso: e nell'ultimo giorno, neppure alla pressione della mano: e poichè, in Lei, una invincibile ragione di morte, si era sostituita a una possente ragione di vita, ella si spense, nulla salutando di quanto lasciava, sulla terra. Annie Ford, colei che l'aveva fedelmente servita, teneramente servita, ricondusse, in Perugia, la cassa dalle borchie d'argento, ove, quanto restava di tanta grazia, di tanto fascino, tornava al sepolcro di famiglia, di casa Sforza. E, dopo, con quanto la generosità di Diana Sforza le aveva lasciato, Annie Ford tenne il suo giuramento: per mesi, per anni, ella cercò Paolo Ruffo: lo cercò dapertutto: ne chiese notizie, dapertutto: mai, mai, ella rinvenne l'uomo, in nessun paese: niuno, mai, le dette notizie di lui: e, infine, ella si stancò di cercare. Così, la morta di Bordighera fu delusa, anche nella sua ultima desolata volontà: giacchè niuna voce umana pronunciò, innanzi a Paolo Ruffo, la rivelazione dell' amore, della virtù, del sacrificio mortale di Diana Sforza.

Napoli, dicembre 1913.

FINE.